Guillaume Dustan

EXZESS

BRUNO GMÜNDER

GUILLAUME DUSTAN

EXZESS

Aus dem Französischen von
Egbert Hörmann

BRUNO GMÜNDER

Originaltitel: Dans ma chambre

Foto: Marco Rossi
Umschlaggestaltung: Stefan Adler
Druck: Nørhaven

ISBN 3-86187-094-0

Für Philippe und Philippe

INHALT

ERSTER TEIL

ZWEITER TEIL

ERSTER TEIL

1

GUTE ABSICHTEN

ICH habe das Zimmer Quentin gegeben. Ich habe mich in dem kleinen Raum hinten in der Wohnung eingerichtet, um sie nicht ficken zu hören. Nach einigen Tagen, etwa einer Woche, fand ich das schließlich zu abstrus. Ich forderte sie auf, mir das Zimmer wieder zu geben. Natürlich beschloß Quentin sofort, mit Nico ins Wohnzimmer zu ziehen, was zur Folge hatte, daß ich an die Wand klopfen mußte, damit sie mitten in der Nacht weniger redeten, wenn ich am nächsten Morgen jobben ging. Da konnte ich gleich anfangs hören, wie Quentin sagte, daß er rüberkommen würde, um mir die Fresse zu polieren, worauf Nico antwortete Schatz beruhige dich.

Ich lebte in den Tag hinein, ohne zu wissen, wo's langging. Das war nicht übel. Es ödet mich immer ziemlich an, wenn nichts los ist. Das war zweifellos der Grund, daß ich immer noch mit Quentin zusammenlebte, obwohl wir nicht mehr zusammen waren. Sein neuester Einfall bestand darin, unaufgefordert in mein Zimmer zu kommen. Beim ersten Mal lag ich auf dem Bett und war gerade am Wichsen, während ich einen Joint rauchte. Da ging die Tür auf. Er ging durchs Zimmer. Er sagte Hast du vielleicht den Kalender meiner Mutter gefunden? Sie meint, daß sie ihn hier liegengelassen hat. Ich habe auf die Frage nicht geantwortet. Ich sagte Du klopfst bitte an, bevor du hereinkommst. Er sagte Ich habe angeklopft. Ich sagte Ich habe nichts gehört. Er fing wieder mit seiner Scheißfragerei an. Ich sagte Quentin, hau sofort ab. Er machte ein verdutztes Gesicht. Und dann ging er hinaus. Ich habe zehn Minuten gebraucht, um mir dann wieder toll einen runterzuholen zu können.

Beim zweiten Mal klopfte er an. In dem Augenblick, in dem ich Nein! brüllte, kam er herein. Da war ich gerade so richtig dabei, mich auf der Bettkante durchficken zu lassen. Ich sagte Verpiß dich. Anstatt Leine zu ziehen, hat er mich ganz verängstigt angesehen. Ich war blind vor Wut. Ich sagte zu dem anderen Mach weiter, er verduftet schon, er macht das nur, um mich zu nerven. Ich habe mich auf den Fick konzentriert. Quentin hat uns zugeschaut. Plötzlich ist er dann verschwunden, ohne etwas zu sagen. Danach beschloß ich, das nicht mehr mit mir machen zu lassen. Ich schrie jedes Mal systematisch herum, wenn er mir mit einem neuen Scheißspiel kam. Ich brüllte wegen der Konserven, die nicht ersetzt worden waren, wegen des versauten Badezimmers, wegen der mir nicht mitgeteilten Nachrichten. Ich beleidigte ihn. Quentin sagte nichts. Ich genoß meine Rache. Es gefiel mir, ihn ohne irgendein Nachspiel fertigmachen zu können. Alessandro, ein super Kumpel von mir, wohnte bei uns in dem kleinen Zimmer, deshalb war ich beruhigt. Ich dachte, daß sich Quentin in Anwesenheit eines Dritten nicht trauen würde, eine echte Schweinerei zu machen, er liebte den Komfort viel zu sehr, um ins Gefängnis zu wandern. Und eines Tages, ich war gerade in Form, redete ich wie früher mit ihm; ich erzählte, was ich am Abend zuvor mit einem supersüßen Typen getrieben hatte. Danach glotzte er mich an. Er sagte Du liebst doch deine hübsche kleine Visage? Na, das wird sich legen, wenn ich sie mit Vitriol bearbeitet habe. Das hat mich ernüchtert. Ich fragte Alessandro, ob er einverstanden wäre, mit mir eine Wohnung zu teilen. Ich wollte nicht allein sein. Er sagte Okay. Sobald ich Quentin mitgeteilt hatte, daß ich ausziehen würde, fing er wieder an, mich zu bedrohen. Ich bat Alessandro darum, sich mit seiner Freundin bei uns zu treffen. Und dann wurde es dermaßen ätzend, daß ich schließlich zu Terrier gezogen bin, in eine Schrotteinzimmerwohnung im achtzehnten Arrondissement.

Mit Terrier wurde das Ficken immer besser. Ich hatte den Eindruck, ihm gut zu tun. Ich war der erste Mensch, dem er mitteilte, daß er positiv ist. Dazu muß man sagen, daß er das zum ersten Mal mit zwanzig bei einem Test erfahren hatte. Also vor sieben Jahren. Nachdem er es mir gestanden hatte, hatte er nicht mehr diese Alptraum, in dem man ihm den Sarg über dem Kopf zunagelte und er sich mit aller Kraft gegen den Deckel stemmt, aber der öffnet sich nicht, und in diesem Augenblick wacht er dann auf. Ich habe ihn auch etwas gestylt. Ihn gezwungen, die Haarsträhne zu schneiden, die das Gesicht verdeckte, aber auch die Nägel, die er lang mochte. Er sah viel besser aus. Vielleicht etwas weniger schüchtern.

Ich wollte nicht das Viertel wechseln. Ich fand dreihundert Meter weiter eine andere Wohnung. Das traf sich gut. Ein wenig nervte mich die Vorstellung, Quentin über den Weg zu laufen, aber das war eine Gegend, die man nicht großartig frequentierte, und außerdem hatten wir unterschiedliche Tagesabläufe. Ich ließ ihm die ganzen elektrischen Haushaltsgeräte und die drei Möbel, die wir zusammen gekauft hatten. Ich hatte ja Knete. Ich kaufte eines Morgens in Begleitung von Terrier im „Darty" wieder alles ein. Ein neues Leben begann.

2

BEGEGNUNG

MIT Terrier war es die Hölle. Er soff wie ein Loch. Er machte mir in Bars sofort Szenen, wenn ich jemanden nur anschaute. Mir wurde klar, daß er sich nicht schnell genug ändern konnte. Ich sagte ihm, daß ich ihn nur noch unter der Woche treffen würde, daß ich die Wochenenden für mich bräuchte. Ich ging allein aus. Am ersten Abend riß ich lustlos einen Typen auf. Am zweiten Abend ging ich ins „Keller" und ließ mich zuerst im Darkroom ein bißchen von zwei Typen ficken; danach ging ich an die Bar zurück, um ein Bier zu trinken, und war wieder besserer Laune, da ich wegen meines Outfits etwas paranoid gewesen war; ich fürchtete, daß meine hellbraunen Cowboystiefel mit meiner schwarzen Leder-501 zu trashig aussahen. Zum Glück war es obenherum okay: nackter Oberkörper, schwarze Lederweste.

Ich sah direkt mir gegenüber diesen Typen, der mit aufgestützten Ellbogen an der Bar stand. Sein Aussehen fiel mir auf, ich fand, daß er supernormal aussah, überhaupt nicht wie ein Kerl, der den versauten Ledermacker spielt. Außerdem war er süß und gut gebaut, klein, eindeutig älter als ich. Er sah mich ganz neutral an. Und genau dann traf ich Serge, mit dem ich vor sechs Jahren gevögelt hatte, nachdem ich Quentin kennenlernte (und übrigens bei Quentin, der zu der Zeit gerade in Ferien war). Ich fragte ihn Kennst du das Teil? Er sagte Für eine Nacht ist er sehr gut. Und er ist sehr gut bestückt. Das nervte mich. Da der Typ mich mit Serge reden sah, dachte ich , daß er jetzt wußte, daß ich wußte, daß er einen dicken Schwanz hat. Das würde es nur schwieriger machen, ihn abzuschleppen.

Ich stellte mich an der Bar neben ihn, ohne ihn anzusehen. Ich wartete einen Augenblick, um nicht zu heavy zu sein. Tatsächlich war er in Begleitung eines anderen Typen, ein großer Blonder, ganz in Leder und süß, der die ganze Zeit herumalberte. Plötzlich redeten sie nicht mehr. Mein Nachbar sah vor sich hin, dann etwas nach rechts. Ich nutzte das aus, um Hallo zu sagen. Und dann sagte ich nichts mehr, um den Harten zu mimen. Er sagte Hallo. Ich sagte Ich bin Guillaume. Er sagte Ich bin Stéphane. Ich sagte Ist der Typ neben dir dein Freund? Er sagte Nein, ein Kumpel. Ich sagte Ist er ein guter Fick? Er sagte Ja, warum, soll ich ihn dir vorstellen? Ich sagte Na ja, warum nicht. Er sagte Eric das ist Guillaume. Ich sagte Ich weiß nicht mehr, worüber ich mich unterhalten soll. Und dann hat sich ein fettes Ekelpaket in Leder unserer Gruppe genähert, und das war cool, weil er mich bequatschte, um ein Foto von mir zu machen. Ich gab ihm meine Telefonnummer und sagte, daß ich immer bereit sei für so narzißtisches Zeug, und dann äußerte ich mich ziemlich negativ zum Thema Kunst, ich sagte, daß mir Kunst egal sei. Das dicke mondäne Arschloch fragte mich Also was interessiert dich denn? Was mich interessiert, ist der Fick des Jahrhundert, sagte ich und blickte Stéphane an. Das klappte. Ich eierte noch etwas herum, aber dann nahm ich ihn schließlich zu mir mit.

In einer Hinsicht hatte Serge recht. Das erste Mal war gut, so nach dem Motto Deckhengst. Mir gefiel, was ich im Spiegel sah, während er mich von frontal fickte. Ich fand, daß wir zusammen paßten. Sein supergroßes Rohr tat mir etwas weh, aber ich erkannte das Potential. Ich beschloß, ihn dazubehalten. Anstatt ihn gehen zu lassen, fragte ich ihn, ob er Hunger habe. Der Kühlschrank war voll, da ich tagsüber eingekauft hatte. Wir haben in der Küche gegessen.

Ich sagte ihm, daß ich ihn megasüß fände. Er verspannte sich, aber nicht so, als ob er an solche Komplimente gewöhnt wäre, sondern so, als ob er meinen würde, ich würde mich über seine Visage lustig machen. Ich sagte zu ihm Nur weil eines deiner Augen kleiner ist als das andere, weil eines grün und das andere blau ist, oder weil bei dir ein Lid höher liegt als das andere, schließt doch nicht aus, dich megasüß zu finden, wenn ich dich megasüß finde. Das hat ihn überrascht. Er hat sich wieder entspannt. Ich sagte zu mir selbst, daß er mir gefällt. Ich gab ihm meine Telefonnummer. Ich wartete auf seinen Anruf.

3

LAND

DAS dauerte nicht lange. Wir haben geredet. Nach einem Augenblick sagte ich Du weißt, es stinkt mir, daß du mich neulich abends mit Serge über dich hast reden sehen, weil ich dachte, du würdest wissen, daß ich weiß, daß du einen großen Schwanz hast, und daß du es heavy fändest, deswegen angebaggert zu werden. Er sagte, daß das wahr sei, daß die Typen sich nur wegen seines Schwanzes für ihn interessieren würden.

Deshalb schlug ich vor, daß wir uns zum Mittagessen und nicht zum Ficken treffen könnten. Er kam etwas verspätet, ganz aufgeregt, ziemlich schlecht angezogen. Ich hatte ein schickes Lokal gewählt, um Eindruck zu schinden. Das Essen verlief gut. Ich langweilte mich nicht. Wir haben uns erneut zum Ficken bei mir verabredet, weil bei ihm sein Freund wohnte. Beim nächsten Mal habe ich unsere Schwänze zusammen gewichst, beide beinhart, meiner 17x5, seiner 22x6, ich mußte vermeiden, von seinem hypnotisiert zu werden; ich wollte einfach zwei Schwänze, ohne Unterschied, daß jeder von uns den des anderen genauso liebt wie seinen eigenen, nicht mehr und nicht weniger. Ich habe auch etwas aus seinem Leben mitgekriegt, seine kaputte Beziehung mit Jean-Marc. Sie sind seit zehn Jahren zusammen, aber seit fünf Jahren immer weniger, sie haben quasi seit zwei Jahren nicht mehr miteinander geschlafen, der andere ist im Augenblick sogar bei seinem Lover. Stéphane sagte mir Er hat mir erzählt, daß er in ihn verliebt ist.

Man trifft sich ein drittes, ein viertes, ein fünftes Mal. Jedes Mal fickt er mich. Man redet auch. Man geht spazieren. Man lernt sich allmählich kennen. Ich bitte ihn darum, von seinem Leben mit Jean-Marc zu reden, er erzählt, wie ich es erwartet hatte, daß er seine Zeit damit verbringt, einzukaufen, zu kochen, abzuwaschen und darauf zu warten, daß er vom anderen gefickt wird. Ich sage ihm, daß er sich nicht so behandeln lassen sollte.

Wir fangen an, uns regelmäßig zu sehen. Einen Abend pro Wochenende, dann einen Abend unter der Woche. Stéphane sagt mir, daß er nicht das Gefühl hat, Jean-Marc zu betrügen, da Jean-Marc seinerseits beschäftigt ist. Aber mich nervt das. Ich fordere drei Abende die Woche. Es kommt dann so, daß wir uns jedes Wochenende sehen, außer wenn es bei ihnen ein Essen gibt. Die zweite Sache, die mich langsam wütend macht, ist, daß ich nicht das Recht habe, ihn zu ficken, weil es diesen Pakt mit Jean-Marc gibt. Jeder von ihnen kann ficken, wen er will, aber darf sich nicht ficken lassen. Ich mache Stéphane darauf aufmerksam, daß nach dem, was er gesagt hat, es nicht so gerecht ist, wie es scheint, weil Jean-Marc sich nicht gern ficken läßt. Ich sage, daß das nicht mehr lange so weitergehen kann.

Er fragt Jean-Marc um Erlaubnis. Jean-Marc verweigert sie, aber er sagt, daß er genau weiß, daß wir uns nicht darum kümmern werden. Ich investiere. Ich fahre mit Stéphane für ein Wochenende aufs Land, in ein ziemlich häßliches Schloßhotel, das voller Konferenzteilnehmer ist. Stéphane ist etwas verklemmt, er behauptet, das nicht gewohnt zu sein. Ich sage mir, daß das ein kleiner Klassenkomplex ist, der sich legen wird.

In der Suite ist es sonnig. Wir nehmen Whirlpool-Bäder, ich habe Beutel mit Algen mitgebracht, die ich noch von meiner Thalassotherapie habe. Champagner und Joint beim Auwachen. Ich reibe meine Eichel sanft an seinen Loch. Ich ficke ihn später, nach dem Swimming-pool oder nach einem ländlichen Spaziergang, ich weiß es nicht mehr. Ich drücke meine Schenkel an ihn, während ich vor dem Bett stehe. Ich bin etwas schlaff, weil sein Arsch extrem zusammengepreßt ist, ich kann das nicht ausstehen, aber gut, es ist ein Anfang. Ich bin ganz behutsam, damit es ihm nicht weh tut. Und da kommt es ihm, ohne daß er sich berührt. Er sagt mir, daß es das dritte Mal in seinem Leben ist. Ich frage mich, wie oft ich das schon erlebt habe, es stimmt schon, das das nicht gerade oft vorkommt.

Am Sonntagabend fahren wir zurück. Stéphane setzt mich bei mir ab, bevor er zu sich fährt. Es ist acht Uhr, es ist etwas zu früh für das „Palace“. Ich lege mich ins Bett. Ich rauche einen Joint und höre Musik. Ich denke an das, was mich Quentin vorgestern am Telefon gefragt hat. Hast du noch Lust? Ich sagte Ja. Und dann sagte ich Ich kann mit dir nicht leben. Aber heute abend sage ich mir, daß ich wirklich damit aufhören kann, ihn zu lieben, da es echt einen anderen gibt. Ich heule vor Glück, ich denke, daß ich ihn wirklich lieben kann, daß es wahr ist, was ich höre. I wanna make you mine. I'll love you till the end of time, und das ist eine derartige Erleichterung. Ich sage mir, daß ich lange nicht mehr wegen mir selbst geweint habe. Ich habe Lust, jetzt Stéphane dort anzurufen, um ihm zu sagen, daß er zwischen mir und Jean-Marc wählen soll, daß er sich unverzüglich entscheiden muß, daß ich ihn nie wieder sehen würde, wenn er nicht in einer Stunde hier ist. Und dann sage ich mir, daß das nicht sehr schlau wäre. Jedenfalls weiß ich ganz genau, daß er ihn verlassen wird. Das ist nur eine Frage der Zeit. Gleichzeitig kommt es mir komisch vor. Ich war nur mal zwei Monate lang allein. Nun ja, nicht ganz. Und plötzlich habe ich eine Paranoiakrise, das ist sicher der Stoff, wenn ich das Tick-tack der Uhr ganz am Ende des Songs von Dream höre, hat das nicht mehr die Wirkung auf mich, die es hatte, als ich es zum ersten Mal bemerkte, als ich mich nach einem Fick mit Stéphane zusammen ausruhte. Dieses Mal sage ich mir, daß das der Countdown zu meinen Ende hin ist. Ich habe Angst. Ich weine. Und dann beruhige ich mich, und ich schaffe es bis ins Bad, indem ich mich an der Wand entlangschleppe, ich bin derart durchgeknallt, und ich höre immer noch Dream, während ich eine Dusche nehme, um zu versuchen, den Joint zu entschärfen.

4

MEINE LIEBHABER

ES ist schon eine Ewigkeit her, daß ich tanzen war. Stéphane macht es nicht viel Spaß, weil er es nicht kann, aber da es ihm gefällt, mir eine Freude zu machen, ist es okay. Wir können nicht ins „Queen" gehen, da ich Terrier nicht begegnen möchte, aber heute abend gibt es etwas im „Bataclan", also gehen wir nach einigen Bieren dorthin. Im „Bataclan" ist die Musik durchschnittlich, und da der Laden nicht voll ist, ist die Stimmung eisig, die Leute sind eingebildet, weil das ein Spezialevent ist, jedenfalls gibt es zu viele Heteros, also kurz gesagt, nach einer Stunde, nachdem die Wirkung des Gin-Menthe nachläßt, ist das „Queen" unvermeidlich geworden.

Als Terrier mich sieht, ist mein Kopf weniger als zehn Zentimeter von Stéphane entfernt, und ich frage ihn gerade, ob er einen Dritten gefunden hätte, während ich auf dem Klo war. Er sagt, er hätte keine Zeit gehabt, und lächelt. Terrier ist bleich. Er geht an mir vorbei, ohne einen Ton zu sagen. Ich fange ihn auf der Toilette ab. Ich sage ihm Hey, ich habe dich wiedererkannt. Er ist total besoffen. Er sagt zu mir Aber wer bist du denn? Du weißt sehr gut, wer ich bin, sage ich. Ja, ja, was machst du mich an, kannst du mich nicht in Ruhe lassen? sagt er. Ich sage Du Nutte, ich habe wohl das Recht, hier zu sein, ich werde mich doch nicht bei mir zu Hause verstecken, nur weil du ausgehst. Und dann fängt er an zu weinen. Du hast mich nicht einmal wiedererkannt... Ich habe nicht an dich gedacht... Und dann habe ich dich gesehen, ganz genau...

Ich weiß nicht, was ich tun soll, deshalb ziehe ich Leine. Unterwegs schnappe ich mir Stéphane und schleppe ihn durch die Menge. Hinter der Bar gibt es etwas Platz. Ich tanze. Es ist Tony D. Bart. Quentin hat ihn mir von Nico letzten Dezember mitbringen lassen, vor drei oder vier Monaten, zu der Zeit, als ich Terrier kennenlernte. Ich tanze wie ein Verrückter, ich werfe den Kopf in alle Richtungen, ich atme aufgeregt ein und aus, ich kann kaum das Gleichgewicht halten, man macht um mich herum Platz, damit ich mich frei bewegen kann. Als ich aufhöre, stößt mich ein frustrierter Typ in den Rücken. Die anderen Bedröhnten, toll aussehend, mit Supermuskeln und Klassehemden, lächeln mich an. Ich bin außer Atem, ich sehe Stéphane an, ich fange jetzt an, cooler zu tanzen. Ich hebe den Kopf. Terrier ist drei Meter von mir entfernt. Offensichtlich folgt er uns. Ich sage zu Stéphane Komm, wir gehen nach oben. Wir gehen nach oben. Wir rauchen eine Kippe und schauen auf die Piste unter uns. Die Musik ist gut. Wegen des Gin-Menthe und des Joints bin ich drüber. Ich tanze dicht an der Sicherheitsabsperrung. Ich reibe mich an Stéphanes Arsch. Ich werde steif. Wir küssen uns.

Als ich die Augen öffne, ist Terrier immer noch da, am

Ende des Ganges. Er tut noch nicht mal so, als würde er nicht gucken. Ich sage Mir reicht's, hauen wir ab. Während wir die Treppe zum Ausgang hinaufgehen, sehe ich, daß ich mindestens fünf süße Typen aufreißen könnte. Ich sage mir, das es mir egal ist. Ich habe in meinem Leben bereits mit tausend Typen gefickt. Der, mit dem ich nach Hause gehe, gehört zu den vier besten. Das ist nicht übel.

Und dann taucht draußen Terrier auf, sturzbesoffen. Der Oberkörper nackt unter einem ärmellosen weißen Pulli, schwarze Jeans, und seine weißen Schultern, die etwas zu mager sind, glänzen in der Nacht. Ich finde ihn superschön. Es ist saukalt. Ich komme mit euch, sagt er. Ich sage Nein, du bist doch im Delirium. Doch doch, das wird super, antwortet er. Ich liebe seine gebrochene Stimme. Das wird deshalb nicht super werden, weil du nicht mitkommst, sage ich. Ach so, und was tust du, um mich daran zu hindern? sagt er. Das zeige ich dir, sage ich. Ich fasse ihn an der Schulter. Ich schiebe ihn zum Eingang des Lokals hin. Da gehst du jetzt wieder hinaus. Er macht sich frei. Er fängt an, in Richtung Etoile zu laufen. Ich folge ihm. Er fängt an zu rennen. Ich renne. Er wird schneller. Das erregt mich. Schließlich hole ich ihn nach fünfzig Metern ein. Gut jetzt, das reicht, laß uns in Frieden, sage ich. Er lacht nur. Wir gehen auf den verlassenen Champs-Elysées zurück. Ich ziehe ihn am Handgelenk. Er sagt Du tust mir weh. Ich sage Mir egal.

Am Eingang gibt es plötzlich eine Schlange. Ich ziehe ihn durch die Menge bis zum Eingang. Er sagt Die Schande meines Lebens. Der Rausschmeißer fragt Sandrine, das Mädel am Eingang, Kennst du die Herrschaften? Ihn, den kennt sie, sage ich, und er wird sich erkälten. Ich lasse ihn durch den Eingang des Clubs schleusen. Ich denke, das er okay ist, wegen der Bemerkung, die er gemacht hat, bevor er im Dunst und der ohrenbetäubenden House-Musik verschwand: Wie wär's mit einem letzten Glas? Ich gehe zu Stéphane zurück und bin vollkommen ernüchtert. Ich sage zu ihm Das hat mich vollkommen nüchtern gemacht. Er sagt Das sehe ich. Er hat mich sitzend auf der Motorhaube eines Autos erwartet und sieht süß aus mit seiner grünen kleinen Bomberjacke. Ich sage Gehen wir ins „Transfert"?

Schließlich entscheiden wir uns dafür, niemanden mit nach Hause zu nehmen und nur zu zweit zu ficken. Wir gehen heim. Vier Uhr, MC Solaar im Radio, wir fahren in den Concorde-Tunnel am Quai du Louvre ein, der schwarze Taxifahrer und sein nordafrikanischer Kumpel reden cooles Zeug miteinander. Ich sage zu Stéphane, daß ich okay bin, das war mir zuviel, das ist alles. Terrier direkt am Eingang zum Klo abgefangen, das war das erste Mal, daß er mich mit seinem Ersatz gesehen hat, das war nicht vorgesehen.

Fünf Uhr. Stéphane ist über mir. Ich habe je einen Knöchel auf seinen Schultern. Er ist bereit, einzudringen. Ich sage Ich will nicht, daß du mich fickst. Er sagt Ach so? Ich sage Ich möchte, daß du mich einfach liebst. Er sagt Okay. Die ersten fünfzehn Minuten sind vollkommen, Ich habe einen Steifen wie ein Verrückter, ohne mich zu berühren, ich spreize so weit wie möglich die Schenkel, um seine zweiundzwanzig Zentimeter aufzunehmen. An einem bestimmten Punkt wird es so gut, daß es mich an Quentin erinnert, weil er mich so richtig tief ficken kann. Mein Schwanz ist tödlich hart. Wir spritzen quasi gemeinsam ab. Er sagt mir nachher, daß er langsam versteht, was Arschficken heißt. Ich sage ihm, daß von den tausend Typen, mit denen ich es getrieben habe, nur vier oder fünf, na ja, höchstens ein Dutzend das machen konnten, was er mit mir angestellt hat. Es gibt da noch Chad Douglas, aber eben nur auf Kassette. Genau, er wird auf einer von denen erwähnt, die ich vorgestern gekauft habe. Fernbedienung. Ich hoffe nur, daß er in Wirklichkeit nicht tot ist.

5

SEX

ROBERT schneidet mich am Hals, als er mich mit einer neuen Klinge rasiert. Darauf sage ich zu ihm Du machst mir Spaß, du trägst das auf und läßt es dreißig Minuten einwirken, okay? Er sagt zu mir Dreißig? So lange muß man bei HIV 1 warten, wie die Aufschrift auf dem antiseptischen Produkt besagt, bei anderen Krankheiten dauert es kürzer. Ich sage zu ihm Na klar. Er sagt zu mir Wäre es nicht besser, sie wegzuwerfen? Ich sage zu ihm Ja. Er mag mich gern, der Robert, er hat mir schon einmal einen Kaffee bezahlt, und heute hat er mir eine Marlboro angeboten. Ein schöner Heterotyp, auf Cowboy gestylt, breiter Gürtel, alte 501s, Haarsträhne. Ich sehe, daß er sich über das Geländer beugt, um mich zu sehen, als ich schon fast unten bin.

Nach dieser Geschichte war ich so verlegen, daß ich einen ganzen Monat woanders hingegangen bin. Als ich dort wieder aufkreuzte, war er da und fragte Wie geht's? Ich sagte Es geht. Er machte etwas, das ich noch nicht kannte, ein langsames Augenzwinkern.

Wir verlassen das Wohnzimmer. Stéphane geht wie gewöhnlich hinter mir. Wir gehen über die Straße, um mir eine neue Bomberjacke und Chaps zu kaufen. Von den Chaps habe ich schon seit Jahren geträumt. Ich fühle mich voll in Form. Ich habe ganz kurze Haare, meine 501 in Leder, deutsche Stiefel, ein blauer Lastwagenfahrerpullover, wobei der Kragen meines Hemdes nur einen Farbtupfer hinzugibt. Ich habe sieben Jahre im Gym hinter mir. Etwas Bauch, aber echt wenig, der ist in zwei Wochen weg, wenn ich die Bauchübungen mache. Das einzige Problem sind die Waden, die etwas dünn sind.

Samstag, sechs Uhr, Stéphane kommt von einer Besorgung zurück, er hat mich gefickt, das war gut, aber ich erinnere mich an nichts. Man aß zu Abend, Alessandro hat uns Pasta mit Spargeln gemacht, dann ist er gegangen, offiziell ins Beaubourg, aber in Wirklichkeit trifft er sich mit seiner Muschi. Wir nehmen wieder Koks, dazu einen Joint. Stéphane hat Verstopfung. Das nervt mich, ich meine, daß er immer noch Angst davor hat, sich ficken zu lassen. Das stimmt, das heißt, daß sich Fortschritte abzeichnen, er sagte mir, daß er sich früher nur ficken ließ, wenn er mit Poppers vollgeknallt war. Ich schicke ihn zum Scheißen und sage ihm, er soll sich den Arsch waschen. In der Zwischenzeit ziehe ich meine Jeans aus, dann ziehe ich meine Stiefel und danach meine geilen Lederchaps an. Als er zurückkommt, liegen die Latexchaps auf dem Bett ausgebreitet, die Militärstiefel, die ihm so gut stehen, und die passenden Socken. Ich helfe ihm beim Anziehen, und dann bringe ich ihn in Stellung, Knie auf dem Bett, Arsch in der Luft. Zuerst habe ich Schwierigkeiten, steif zu werden, da es dabei kein Vorspiel gibt. Ich betrachte seinen Arsch, ich trage Gel auf, das geilt mich schließlich auf, ich dringe in ihn ein, nicht superhart, er ist verkrampft, deshalb öffne ich ihn mit einer Reitpeitsche, mit der rechten Hand halte ich ihn am Gürtel der Chaps, mit der linken peitsche ich ihn leicht auf die Arschbacken, die Schenkel, unten am Rücken. Ich blase ihm in den Arsch, er wirft sich gegen mich, ich drehe mich um, ich sehe im Spielel eine Szene von internationaler Klasse, das gefällt mir, das beruhigt mich, das schmeichelt mir. Ich ficke ihn kurz hart, und dann habe ich von der Stellung die Nase voll, ich schiebe ihn auf das Bett, dann wieder an die Kante, dann ziehe ich meinen Schwanz heraus, ich sage ihm, daß er sich auf den Rücken legen soll, mein Schwanz ist etwas schlaff geworden, ich schiebe ihn wieder hinein, im Präser wird er wieder hart. Schließlich spritzt er ab.

Es ist zwei Uhr. Ich habe keine Lust auszugehen. Wir haben Hunger. Ich öffne eine Büchse Fleisch, ich mache 10-Minuten-Reis, für jeden einen Beutel. Im Kühlschrank steht noch Sancerre. Das Fleisch hat wegen des Kokains kaum Geschmack. Ich lege Soft Cell auf. Ich habe zwei alte Alben gekauft, die ich nicht kannte, bis auf den Hit, der top ist, „Numbers“. Who's the person that you woke up to next to today? fragt mich Marc Almond. Ich drehe einen Joint, und dann zünde ich ihn an, dann mache ich mit der Fernbedienung die Hi-fi-Anlage aus, und danach schalte ich das Fernsehen mit der TV-Fernbedienung an, weil es mir nicht gelungen ist, die beiden Fernbedienungen auf die Multistandardbedienung zu bringen, die ich letzte Woche gekauft habe, und ich suche etwas im Kabel-TV, und ich gebe den Joint an Stéphane weiter.

Ich würde gern von Microdots „Cosmic evolution“ spielen, ein Superstück, das auf der CD von DJ Brainwasher ist, aber der Laser will es nicht einstellen. Ich suche etwas Eintöniges, aber nicht Kaltes, um mir einen Dildo einführen zu lassen. Es ist fünf Uhr morgens, Stéphane fängt an, müde zu werden, er schläft ein, aber er sagte zu mir, daß es in Ordnung sei, ich könnte ihn wecken, damit er mir den Dildo einführt. Ich greife nach einer anderen CD, „Guerilla in dub", die Nummer sechs müßte dem Titel nach passen, „Intoxication". Und der Song ist gut. Der Bass ist dumpf und cool. Manchmal gibt es sogar Wörter, eine Stimme, die „Funky Mariuhana" flüstert. Das bemerke ich erst beim dritten Dildo, dem dicken schwarzen. Wir haben mit dem rosafarbenen, fluoreszierenden, superweichen angefangen, den ich vor zwei Jahren im „Pleasure Chest" in West Hollywood gekauft habe, als ich zwischen zwei Krankenhausaufenthalten verreiste, und der ideal ist, um einen Arsch sanft zu knacken. Dann ein mächtigerer pinkfarbener, der Kong (23x7). Jetzt der dicke schwarze Doppeldildo, in Berlin erstanden, der neunzehn Zentimeter Umfang hat. Ich nehme ihn bis zur Hälfte auf. Der riesige rosafarbene, der einundzwanzig Zentimeter Umfang hat, liegt daneben. Ich benutze ihn nie, da er nur reingeht, wenn ich total drüber bin. Aber heute abend, mit dem Viertel LSD, dem Koks und all den Joints, die ich geraucht habe, kann ich ihn mir genehmigen, und ich weiß, daß mich da ein einigermaßen königliches Gefühl erwartet, eine Sache, die genauso wahnsinnig ist wie ein Fallschirmsprung oder das Tiefseetauchen. Ich mag starke Gefühle.

Stéphane schmiert ihn mit Gel ein, ich habe immer noch den Schwarzen im Arsch, es ist mir lieber, wenn er nicht zu lange leer bleibt, es fällt mir schwer, meine Erektion zu behalten, wenn ich nichts mehr im Arsch habe, während ich bereits ziemlich ausgeweitet bin. Stéphane schmiert Gel auf den dicken rosafarbenen, ich bestehe darauf, daß er es dick aufträgt, da mir sonst das Einführen zu schaffen macht. Dann geht's los. Er schiebt sich hinein, die Eichel zuerst, die so dick ist wie eine Faust, und dann nacheinander die drei Wülste, die die Schwachköpfe, die das Ding entworfen haben, neckischerweise hintereinander angebracht haben, ich vermute, daß sie dachten, das würde hübscher aussehen. Moment, das tut weh. Es geht nicht, sage ich, zieh ihn raus, zieh ihn raus, zieh ihn raus! Dreißig Sekunden Atempause vor einem neuen Versuch. Jetzt ist es okay, er gleitet hinein, aber er ist trotzdem richtig groß, es tut mir sogar ein wenig weh, als ich nochmals eine gute Ladung Poppers inhaliere. Ich frage mich, wie ich mich erneut aufgeilen kann, und dann habe ich eine Idee. Ich sage zu Stéphane Leg deine Hand darum, damit ich fühle, wie dick er ist, das wird mich geil machen. Offensichtlich geilt es mich tierisch auf, von außen zu fühlen, wie sehr mir dieses Riesenteil die Arschvotze weitet. Mein Schwanz wird wieder hart. Ich komme voll in Fahrt. Okay, mach schon, fick mich damit. Er tut es. Mir wird klar, daß er ihn tierisch hineingeschoben hat, so tief steckte er noch nie drin. Nach zwanzig Sekunden Megafick merke ich, daß ich gleich abspritzen werde. Zieh ihn schnell raus, schnell, schnell! Er zieht ihn ganz schnell heraus. Ich explodiere. Ich denke an Quentin, weil er mir beigebracht hat, daß man den Dildo vor dem Abspritzen herauszieht, damit die Schließmuskeln nicht verletzt werden. Läßt man die Dildos stecken, dann stoßen sich die Muskeln an dem Latex, ohne sich während der Ejakulation wieder schließen zu können. Ich sehe nach. Wie gewöhnlich gibt es etwa seit einem Jahr keine Spur von Blut. Das ist etwas, das ich mir selbst beigebracht habe. Bei dieser Art von Übungen muß man niemals weitermachen, wenn es weh tut, weil man sich sonst Gefäße verletzt und sich mit einem blutenden Arsch wiederzufinden, ist überhaupt nicht toll.

Am nächsten Tag ist es Sonntag, und wir stehen zu spät auf, um Einkäufe zu machen, deshalb machen wir gar nichts. Ich drehe nach dem Frühstück einen Joint, wir schauen etwas fern, und als ich mich zu langweilen beginne, beschließe ich, mich mit seinem Riemen zu beschäftigen. Ich sauge ihn ein wenig, dann stehe ich auf und gehe mir im Bad den Arsch auswaschen, ich sage dazu nichts, da er ja die Geräusche hört, das dauert einen Augenblick, und als ich zurückkomme, bin ich nicht mehr richtig geil, deshalb drehe ich noch einen Joint, wir rauchen ihn und sehen fern, und dann lutsche ich wieder Stéphanes Kolben, und als er richtig steif ist, lege ich mich auf den Rücken und spreize die Beine, und er besteigt mich und besorgt es mir richtig tief mit einer tadellosen Kenntnis meiner Innereien, mein Schwanz ist irre steif, ohne mich zu berühren, zwanzig Minuten lang, denke ich, ich streichle ihn, ich bearbeite seine Titten, ich presse meinen aufgerichteten Schwanz gegen seinen Bauch, er macht etwas, was ich auch gern mache, er rollt beim Ficken seinen Bauch an meinen Eiern hin und her. Vervielfachung von sensiblen Stellen. Er sagt mir, daß er Lust hat, abzuspritzen, ich sage Okay, ein Fick von hinten und los geht's. Von hinten ist die Penetration tiefer, und dabei fällt mir das Wichsen leichter. Ich drehe mich um, fünfundvierzig Sekunden Herumfummeln, und dann ist es gut, er ist richtig drin, ich umschließe ihn, mein Paket ist schwer, mit Blut angefüllt, ich wichse mir den Schwanz, er füllt mich kräftig aus, ich komme vor ihm, danach kann ich nicht mehr, ich will, daß er aufhört. Ich bin etwas genervt, daß er nicht in meinem Arsch abgespritzt hat, aber er ist trotzdem zufrieden, er sagt mir, wie wahnsinnig es ist, seinen Schwanz so in einem Arsch zu fühlen. Ich sage Ich weiß, aber ich bin trotzdem total hinüber, das ist das erste Mal, daß ich mich von ihm mit aller Kraft von seinem total steifen Superteil habe durchficken lassen. Ich fühle mich zu fertig, um ihm gleich beim Abspritzen zu helfen. Ich sage ihm, daß er abspritzen kann, wenn ich ihn gleich ficke, okay?

Das geschieht eine Stunde später. Ich habe mich wieder gefangen, wir haben ferngesehen, ich streichle ihn, ich habe einen Supersteifen und pralle Eier. Die Erektion ist super, tadellos, absolut. Er sagt nicht, ob er einen schmutzigen Arsch hat. Er geht aufs Klo, dann ins Bad. Es dauert. Als er zurückkommt, ist mein Schwanz schlaff. Ich verbringe zuerst eine Minute in seinem Mund, um das in Ordnung zu bringen. Ich ziehe mir das Gummi über. Ich lege ihn auf den Rücken, ein Kissen unter dem Kopf. Ich schiebe ihm zwei Finger wie Butter hinein. Ich lege los. Ich mache mich ans Werk. Scheiße. Unmöglich, ihn hineinzuschieben, er ist derart verspannt. Ich versuche es nochmals. Immer noch nicht. Ich werde schlaff. Er macht einen verstörten Eindruck. Ich sage Gut, wir lassen uns Zeit damit. Ich setze meinen Arsch auf das Bett, ich reibe meine Eichel an seinem Loch, ein guter Augenblick, er entspannt sich, ich schiebe ihn total sanft hinein. Es geht. Und schon ficke ich ihn wie noch nie. Es dauert lange, so wie ich's mag. Ich sehe seinen Augen an, daß er mich wirklich ernst zu nehmen beginnt. Ich nehme ihn von vorn, indem ich ihn zuerst an den Knöcheln halte. Danach unter seinen Arschbacken. Danach um seine Schenkel. Danach in den Kniekehlen. Danach um den Hals. Ich ziehe ihn wieder heraus, um Gleitmittel aufzutragen. Ich schiebe ihn wieder rein. Schließlich kommt es ihm. Ich ziehe ihn heraus, schiebe das Gummi herunter, und ich wichse mich, während ich auf seinen Arsch schaue, und ich denke an das Heterovideo, das ich habe, das „Saftarsch“ heißt, mit der Forderung: Jeder offene Arsch soll mit vollen Ladungen von

Sperma bespritzt werden. Schade, daß man das nicht wirklich ausführen kann. Mir kommt's. Ich ziehe mich wieder an. Zack. Das ist der fünfte Fick an diesem Wochenende.

Es ist elf Uhr. Wir gehen, total angetörnt, zum Essen um die Ecke im Getto. Die Bedienung ist nett. Ein Mädel kommt aus dem „Privilège“, es war an diesem Sonntag der Jahrestag des Tea Dance. Wir gehen als letzte aus dem Restaurant. Auf der Straße ist es kalt. Wir werden zusammen schlafen, zum ersten Mal drei Nächte hintereinander, das ist gut.

6

AMERIKA

ICH habe mir einen heruntergeholt, während ich Eric Manchester in voller Aktion zuschaute, als er das tat, was er am besten kann, Sachen, die ich auch kann. Er ist nicht Chad Douglas, aber auch er liebt seinen Schwanz. Ich werde mir die Zähne putzen, das Hygieneritual des Abends, AZT, Zähne, Warzen, vielleicht wichse ich danach wieder, hoffentlich, nach alldem. Ich sehe mich im Spiegel, und ich finde mich schön. Ein leichter Blick nach unten. Dann wähle ich andere Gesichtspunkte, ich verändere den Gesichtsausdruck, ich sehe bekümmert aus, ich sage mir, daß sich mein Begriff der Schönheit geändert hat, vorher achtete ich nur auf die Erscheinung, der Typ konnte dabei blöd oder gequält aussehen, er war dabei immer schön. Jetzt sage ich mir, daß nur der Gesichtsausdruck schön ist. Deshalb habe ich im Augenblick so viel Erfolg, ich habe den Gesichtsausdruck von damals, als ich fünfzehn war, als ich in den Ferien in L.A. bei den L. war, und als man mir in den Lokalen Alkohol ausschenkte, weil ich Franzose war, während es sonst unter achtzehn Jahren nicht erlaubt ist. Mit den L. habe ich nur tolle Sachen gemacht, zum Beispiel eisgekühlten kalifornischen Weißwein getrunken, den wir statt des Preiselbeersaftes in die Saftflaschen gefüllt hatten, in einer Kühlbox am Strand, im Angesicht der hohen Wellen des Pazifiks. Es riecht sehr stark nach Eukalyptus, wenn man vom Hügel zum Strand hinunterfährt. Außerdem ist es schick, wir sitzen in einem weißen Jaguar, der 1964 beim Vierundzwanzigstundenrennen in Le Mans dabei war. Julie L. fährt mit mir zum Abendessen nach Tijuana. Wir nehmen jeder ein Talk-to-me-sideways, ein Knoblauch- und Zwiebelsteak. Die schönen Mexikanerinnen kommen in roten oder schwarzen Abendkleidern zum Essen, die Männer in schwarzen Anzügen. Ich trage ein Jackett, das Papa zu eng war und das er mir schenkte, ein blaues Oxfordhemd mit kurzen Ärmeln und Perlmuttknöpfen, das mir sehr gut steht, weil ich braungebrannt bin. Ich trage Shorts von Op's aus hellbraunem Rippensamt und marineblaue Docks-Schuhe. Das ist cool. Ein am Boden sitzender Mexikaner fragt Ist er ihr Sohn oder ihr Liebhaber?, als wir Mitte Juli, abends um fünf oder sechs auf dem Trottoir die Hauptstraße von Tijuana hinuntergehen. Mein Vater weigert sich, daß ich das folgende Jahr bei ihnen lebe, trotzdem hätte ich den Unterricht am französischen Gymnasium besuchen können, das sich ganz in der Nähe befindet.

Seit vier Jahren denke ich, daß ich nächstes Jahr sterben werde. Trotzdem finde ich mich schön. Ich höre Depeche Mode, „In your room“ – den Higher-Love- Adrenalin-Mix, der Mix von François Kevorkian ist einfach gigantisch.

Ich denke an Quentin und mich, als wir vor zwei Jahren in L.A. waren. Bei der Ankunft erkläre ich den L., daß der Aufenthalt kürzer wird, daß ich nur fünfzehn Tage bleiben kann, bis meine Blutplättchen wieder unter zweitausend sinken, danach besteht das ernsthafte Risiko einer inneren Blutung, sie müssen mit Perfusionen erhöht werden, und das läßt sich hier nicht machen, weil es zu teuer ist. Die L. verlassen uns nach zwei Tagen, da sie abreisen müssen. Kaum sind sie weg, streiten wir uns wieder, wie üblich. Er sagt mir wie üblich furchtbare Sachen, hält sich aber zurück, damit wir uns nicht gegenseitig an die Gurgel gehen. Ich gehe zum Supermarkt, um einzukaufen, im Auto beruhige ich mich. Es war jedenfalls unvermeidlich. Weil es spät ist, bin ich im Supermarkt fast allein zwischen den Reihen mit den Flaschen und den Packungen. Ich kaufe alles, was man braucht, um glücklich zu sein. Die Salate sehen wie Kohlköpfe aus. Es gibt keinen richtigen Käse, nur Frischkäse mit Schnittlauch zum Lachs. Ich lasse mir Zeit, um Rot- und Weißwein auszusuchen. Pinot noir. Chardonnay. Aus welchem Anbaugebiet? Ich lese die geographischen Angaben auf der Rückseite der Flaschen. Ich fahre zurück. Es ist bereits Nacht. Ich parke zwischen den Blumen. Ich halte die Einkäufe in den Händen, als er an der Schwelle zur Küche erscheint. Er kommt mir verändert vor. Ich begreife, daß er mich nicht bestrafen wird.

Ich weiß nicht, warum er mir all das ermöglicht hat. Der dichte Nebel der Nacht über dem Santa Monica Boulevard, West Hollywood. Die Typen laufen zu zweit herum, sie sind gleich angezogen, enge T-Shirts, enge Blue Jeans, die knapp über dem Arsch abgeschnitten sind, dicke weiße, aufgerollte Socken, halbhohe Stiefel. Man tanzt zu „En Vogue“, alle kennen den Text in der Bar, die wie eine Flugzeughalle zur Straße hin offen ist, alle tanzen gut. Wir ziehen uns in eine Straße dahinter zurück, um einen Joint zu rauchen. Wegen der Luftfeuchtigkeit fällt es mir schwer, zu atmen, aber das tut gut, er und ich, unzerstörbar in dieser Nacht in West Hollywood.

„Probe". „Spike". „The Arena". Jede Nacht ein unterschiedlicher Ort am Ende der Welt. Wir gehen einkaufen. Im „Pleasure Chest" bestellen harte Lesben Ketten, während ich das Kilogewicht der ausgestellten Dildos prüfe. Hier entdecke ich die Existenz des rosafarbenen, fluoreszierenden, weichen; ich kaufe zwei davon, weil es so etwas in Frankreich nicht gibt (tatsächlich fand ich vor ein paar Monaten einen, ganz alt und verschmutzt, bei „Yanko" im Hallen-Viertel, niemand wollte ihn wegen der allzu surrealistischen Farbe kaufen). Die Kilometer auf dem Highway in der Wüste, um zum Strand zu kommen. Wir gehen in West Hollywood ins Gym. Im Jacuzzi zwischen all den Pflanzen ist die Anmache nicht so direkt wie zu Beginn von Pornofilmen. Wir ficken mit fast niemandem, nur mit einem oder zwei Typen, die wir in Westernbars in Silverlake treffen. Ich ficke ihn täglich, was es vorher zwischen uns nicht gab. Wir trinken Coors-Bier vor dem Fernseher, essen Sushi, das ich im Supermarkt unten am Hügel entdeckt habe. Ich bin ganz schnell dorthin hinuntergefahren. Ich bin glücklich.

Stéphane hat Jean-Marc gesagt, daß er ihn verlassen wird. Jean-Marc hat ihn aus der Wohnung geworfen. Ich habe Stéphane vorgeschlagen, bei mir zu wohnen, anstatt sich eine Einzimmerwohnung zu nehmen. Noch während ich diesen Vorschlag machte, sagte ich mir, daß das ein Irrtum sei. Aber ich hatte nicht den Mut, ihm zu sagen, daß er allein ziehen solle, und als er dann eingezogen war, konnte ich nicht mehr dazu bringen. Ich wußte, daß er nie allein gelebt hatte und daß er Angst davor hatte. Ich sagte mir, daß ich ihn zwangsläufig loswerden würde, wenn wir nicht zusammen wohnten, während ich ihn vielleicht lieben würde, wie es sein sollte, wenn wir zusammen wohnten. Ich sagte mir, daß ich nicht mehr wußte, was Liebe war. Ich wollte nicht allein sein. Ich wollte nicht mehr nach jemandem suchen. Stéphane würde schließlich die ihm fehlenden Eigenschaften gewinnen, damit ich ihn lieben könnte.

7

UNSERE JUGEND FLIEHT DAHIN

SAMSTAGNACHMITTAG. Wir liegen nackt im Bett. Das Telefon klingelt. Es ist Nico. Ich sage Grüß dich, wie geht's, und ich bin nicht allzu begeistert von der Vorstellung, daß er mich mit seinen Herzensgeschichten ermüden wird. Er sagt Nein, nichts geht. Quentin hätte mich gestern nacht fast umgebracht. Er hat mich ins Gesicht getreten, überall, ich habe am ganzen Körper blaue Flecken. Ich frage Und jetzt, wie fühlst du dich? Na ja, es tut mir überall weh, ich kann kaum noch laufen, antwortet er. Ich sage Soll ich dir etwas zu essen bringen? Er sagt Ja, das wäre nett, und könntest du mir nicht Joghurts kaufen, ich kriege kaum den Mund auf. Ich sage Okay, ich komme vorbei. Ich sage zu Stéphane Das war Nico. Quentin hätte ihn fast umgebracht. Willst du mitkommen? Er sagt Na klar.

Es stimmt, daß er übel zugerichtet ist. Ich mache Tee, er ißt einen Joghurt mit Bananen. Ich sage Aber sag mal, ich dachte, ihr würdet euch nicht mehr sehen? Er sagt Tatsächlich hatte ich mir vorgenommen, ihn nach der T4-Helferzellenbestimmung, die ich vor zehn Tagen gemacht habe, nicht wiederzusehen. Weiß du, ich hatte viel getrunken, ich habe mir gesagt, du hast einhundert Helferzellen, Quentin liebt mich nicht, das reicht, ich habe alles geschluckt, was sich im Arzneikasten befand, und dann hat mich ein Kumpel zwei Stunden später angerufen, ich sagte zu ihm, daß es mir nicht gut geht, daß ich zehn Röhrchen X und Y geschluckt und eine Flasche Whisky gesoffen hätte. Er hat mich zum Saint-Louis-Krankenhaus gefahren, und man hat mir den Magen ausgepumpt. Und weißt du, was Quentin gesagt hat? Er meinte Das beweist, daß du ein Nichts und eine Nervensäge bist. Da habe ich ihn verlassen. Klar, daß er danach alles versucht hat, um mich wieder zurückzugewinnen. Am Mittwochnachmittag ist er vorbeigekommen, um mir meine Sachen zurückzubringen. Er war beim Frisör gewesen, sogar im Solarium, er hatte sein schönes Hemd angezogen, das du ihm geschenkt hast, das mit den orangefarbenen und violetten Karos. Wie durch einen Zufall auch seine Jogginghose ohne etwas darunter, er hatte sozusagen vergessen, einen Schlüpfer anzuziehen, und er kann die Hand nicht von seinem Schwanz lassen. Um allem ein Ende zu machen, sagte ich Wenn du Lust hast, mit mir zu ficken, ruf mich an. Und selbstverständlich am nächsten Morgen Hallo? Ich habe Lust, mit dir zu ficken. Wir trafen uns am Donnerstagabend, schmusten, Küßchen-Küßchen, wir haben nicht gefickt, aber es war super. Er sagte mir, er würde derzeit nicht mehr ficken, obwohl auf seinem Anrufbeantworter nur Nachrichten von Typen waren, die sagten Ich rufe dich wie verabredet an. Am nächsten Tag haben wir uns wieder getroffen. Quentin wollte ins „Queen" tanzen gehen. Aber ich hatte Lust zu ficken. Er hatte XTC genommen, bevor ich kam, es gab keines mehr für mich, er sagte Verstehst du, Schatz, ich habe was geschluckt, ich möchte tanzen, ich werde um fünf Uhr zurückkommen, und dann werde ich wahnsinnige Lust zum Ficken haben, doch, doch, bleib hier, entspanne dich. Ich bin geblieben. Um fünf Uhr morgens kommt Quentin mit einen Braunhaarigen zurück, der abstehende Ohren hat. Sie trinken etwas im Wohnzimmer, sie reden über Rugby (der Typ ist Rugbyspieler). Sag mal, bist du nächste Woche da? Gibst du mir deine Nummer? Wann kann ich dich anrufen? Ich habe ihn in der Küche gestellt. Ich habe zu ihm gesagt Quentin, ich habe die Nase voll, seit drei Monaten machst du das mit mir, ich bin dir scheißegal. Er sagte darauf Du nervst, Nico, du siehst doch, daß ich mit ihm jetzt nicht ficke. Da habe ich ihm eine geklebt. Er sagte zu mir Sobald der Typ weg ist, wirst du mir dafür bezahlen. Und sobald der Typ weg war, hat er sich auf mich gestürzt. Ein Meter achtzig, fünfundachtzig Kilo, gegen ein Meter fünfundsechzig, fünfundfünfzig Kilo. Er hat mich an die Wand gedrückt, die Regale sind über mich gefallen, er hat mich mit Fußtritten auf den Kopf und in die Seiten gehauen. Hör auf! Du bringst mich um. Und dann hörte er auf, er fing an zu heulen Mein Schatz, ich liebe dich, komm schlaf mit mir, ich will mit dir ficken. Ich sagte Nein. Darauf hat er gesagt Ach, ich habe dich also noch nicht genug geschlagen. Du wirst schon sehen, was es heißt, sich die Fresse polieren zu lassen. Ich liebe dich. Du kommst hier nicht lebend raus. Ich merkte, wie ich ohnmächtig wurde. Das brachte mich in Rage, ich trat ihm mit einem Knie in die Eier, ich habe mich befreit, ich habe ihn auf das Bett geschleudert, ich nahm meine Jacke, er hat sich aufgerichtet und mich wieder gepackt, ich habe seinen Kopf gegen die Wand geschlagen, damit ich abhauen konnte. Ich blutete überall. Ich fuhr direkt zum Notarzt.

Ich habe bei Quentin eine Nachricht hinterlassen, daß ich Lust hätte, ihm die Fresse zusammenzuschlagen, wenn ich ihn je wieder träfe, aber daß ich mich zurückhalten würde. Tatsächlich nur deswegen, weil ich Angst habe, daß er mich umbringt.

Am nächsten Tag treffe ich Cédric auf der Straße. Ich sagte, daß es nicht gut geht, daß Quentin Freitagnacht fast seinen Lover mit Doc-Martens-Tritten umgebracht hätte. Wir trinken etwas, und ich erzähle ihm die Geschichte. Er erzählt mir das Neueste von sich, er ist in Plapperstimmung, er weiß wie all die alten Säcke viel von sich zu berichten (als Quentin und ich einmal bei ihm waren, sahen wir sein Foto auf der Titelseite eines herumliegenden deutschen Pornoheftes). Er sagt mir, daß es ihm besser ginge als letzte Woche, man glaubte, daß er ein Zytomegalovirus hat, daß er alle möglichen psychosomatischen Sachen macht, daß er sich beim Fernsehen für ein Wie-werde-ich-fit-Programm vorgestellt hat, daß er immer noch viel fickt, daß er einen neuen Lover hat. Das trifft wohl alles zu, ich kenne ihn, ich habe vor einem Jahr bei ihm auf dem Land mit Quentin Holz gehackt. Quentin schob mit ihm eine Nummer. Er sagt zu mir, daß sein neuer Typ es liebt, sich von ihm ficken zu lassen, aber daß er ihn noch nicht gefistet hat. Ich frage ihn Mit oder ohne Gummi? Er sagt zu mir Weißt du, kein Mensch nimmt mehr Gummis, selbst die Amerikaner, alle sind jetzt positiv, ich kenne niemanden mehr, der nicht positiv ist (ich auch nicht, denke ich, bis auf Quentin. Sein letzter Test war vor sechs Monaten, glaube ich), und weißt du, ich bremse mich nicht, ich verschlinge das Sperma. Ich sage Das stimmt, Sperma ist toll, ich habe auch Lust, es zu schlucken, ficken ist toll, wenn man alles machen kann. Er ist erstaunt, daß ich so schnell wieder einen Typen aufgegabelt habe. Ich sage ihm, daß ich sogar zwei hätte, weil ich halt nett bin, weil die Typen bei mir anhänglich sind, und wenn sie etwas haben, was mir nicht paßt, dann ändere ich das. Ich mache das immer so. Er erzählt mir von einem Freund von sich, dem Verleger meiner Zeitung, der das Buch von dem masochistischen Mädel herausgebracht hat, er hat zehntausend Exemplare verkauft, sie ist gerade mit ihrem Meister bei einem Autounfall umgekommen, es ist schrecklich. Wir tauschen unsere neuen Adressen aus. Und dann küssen wir uns direkt vor der Polizei auf den Mund.

Zwei Tage später gehe ich mit Stéphane ins „Quetzal", um etwas zu trinken. Wir treffen Marc, den Ex und ewigen Anbeter von Peter, der wiederum ein Ex von mir und Quentin ist. Man plaudert. Er verschwindet, um am Ende der Bar jemanden guten Abend zu sagen, dann kommt er zurück. Bist du mit Quentin verkracht? fragt er mich. Ich sage Ich rede nicht mehr mit ihm, ich sehe ihn nicht mehr, davon abgesehen geht es ganz gut, warum? Er sagt Weil er hier ist. Tatsächlich, er ist da. Drei Meter entfernt, mit Eric, unserem Ex-Putzmann. Er trägt die blaue Bomberjacke, die ich ihm geschenkt habe, ein altes weißes T-Shirt, eine Jogginghose, die nicht sauber ist. Er ist nicht rasiert, seine Augen sind noch von dem Kampf mit Nico ganz blau. Ich finde ihn geduckt, klein, faltig. Eric sagt im Profil etwas ins Ohr, das offensichtlich komisch ist. Ich sage Ich glaube, daß ich gleich den Abgang mache. Man geht.

Am nächsten Tag fühle ich mich schon beim Aufwachen deprimiert. Das Wetter ist außergewöhnlich schön. Es ist Samstag. Außerdem muß ich arbeiten gehen. Ich habe Lust, ihn anzurufen und zu sagen Rette dich. Er sah wirklich wie ein altes, verlorenes Baby aus. Ich sage zu Stéphane Es stimmt schon, ich habe Lust, ihn umzubringen, Quentin hat recht. Vielleicht wird auch der Tag kommen, wo ich dich umbringen will. Damit ich das Letzte bin, was du vor deinem Tod siehst. Ich liebe dich. Ich töte dich. Und dabei kommen mir die Tränen. Ich tröste mich mit Stéphanes Hilfe, es geht schnell vorbei. Ich höre Jam and Spoon, „Tripomatic fairytales“, etwas, das mir Christophe, ein anderer Kumpel, empfohlen hat. Das letzte Mal habe ich ihn im Wasser des Schwimmbades im Hallen-Viertel gesehen. Als ich ihn fragte Wie geht's?, antwortete er Nicht besonders, ich fragte Warum? Er sagte Ich bin seit einem Monat positiv, ich habe keine Ahnung, wie das geschehen konnte. Ich konnte ihn nicht in die Arme nehmen, weil wir in der Öffentlichkeit waren. Ich habe ihn behutsam gestreichelt, als wir uns wieder trafen, nachdem wir unsere Runden geschwommen waren.

8

BESTEIGUNG

ICH dringe von vorne in ihn ein, das geht ganz gut, er ist etwas verspannt, er macht etwas lustlos an meiner Brust herum, während ich keinen richtig Steifen habe, ich fühle seinen Arsch nicht besonders, aber okay, so schlecht ist es nicht, jedenfalls ist er nicht zusammengepreßt, verkrampft. Ich schnappe ihn mir unterhalb der Knie. Ich blockiere seine Arme, er kann sich nicht mehr bewegen, ich ziehe ihn sanft zu mir, während ich mich durchdrücke so weit es geht. Ich ficke ihn genauso, wie Quentin mich gefickt hat. Zuerst das Besteigen. Ich nehme ihn in meine Hände und halte ihn sanft und fest. Von vorn gibt es mehrere Möglichkeiten, von hinten auch, allerdings weniger. Als für den Fick von vorn seine Knöchel auf den Schultern liegen, umfasse ich mit meinen Handgelenken seinen Hals oder seine Hüften. Ich halte ihn mit gespreizten Beinen an seinen Knöcheln fest: seine Beine liegen zurückgeklappt auf ihm, die Füße sind auf meinem Bauch oder an meiner Seite. Wenn ich ihn unterhalb der Knie packe, kann ich ihn mit ausgestreckten Armen und tiefer ficken, mit dem Körpergewicht in der Hüfte, das ist spitze. Ich kann ihn auch am Rücken in der Höhe der Hüfte packen, von unten ein bißchen in die Luft, oder an den Knöcheln in der Froschhaltung, oder die Beine steif an meiner Brust. Ich kann ihn aber auch umklammern, indem ich die Arme um seine Schenkel oder um seine Beine schlinge. Das sind die besten Stellungen, die ausdauerndsten, man hat die Kontrolle über die Penetration, außerdem fühle ich, indem ich die Position variiere, fühle ich Teile von Schwanz und Arsch jedesmal anders, manchmal den unteren Teil von Schwanz und Arsch, manchmal den oberen Teil, gut ausgerichtet, etwas von oben, etwas von unten... Danach kommt das Durchdrücken des Körpers. Es dient dazu, den Schwanz am intensivsten zu fühlen. Je mehr ich mich durchdrücke, desto vollständiger ist die Penetration und wird vom Partner auch so empfunden. Das entspannt ihn voll. Und dann noch die Stöße. Am Ende der Bewegung sollte man nicht vergessen, mit dem Becken einen immer stärker werdenden Druck auszuüben, um ihn immer noch tiefer zu öffnen. Man bewahrt sich davor, wie ein Depp sofort zu rammeln, indem man sich sagt, daß man in kürze wie ein Depp losrammeln kann, aber eben viel länger, und außerdem in einem viel saftigeren Arsch, der einem nur noch dankbarer sein wird. Ich ficke ihn zum ersten Mal so richtig tief und gut, es dauert dann recht lang, bis er abspritzt, so daß ich schließlich einen ganz durchgewalkten Arsch vor mir habe, derart entspannt, daß es flutsch flutsch flutsch macht, so daß ich schweißbedeckt bin und mir danach das Becken wehtut. Wie Quentin, als er noch mit mir zusammen war.

Am nächsten Tag wachte ich vor ihm auf, es war etwa ein Uhr. Ich habe das ganze Essen vom Abend zuvor ausgekotzt. Ich habe das Pißbecken gereinigt und mich wieder hingelegt. Er wachte wegen des Lärms auf. Ich bat ihn, mir eine heiße Milch mit Honig zu machen. Sobald ich die Schale ausgetrunken hatte, rannte ich aufs Klo, um alles auszukotzen. Das sah wegen flüssigen Kotze wie eine weiße und grüne Welle aus. Ich sagte mir, daß ich nie hätte Milch trinken sollen. Nach einer Stunde trank ich ein Glas Wasser, das ich bei mir behielt und danach aß ich zwei Löffel Reis. Darauf kotzte ich alles sofort auf das Tablett und das Bett. Dann bin ich eingeschlafen. Als ich aufwachte, habe ich ins Bett geschissen. Die Ärztin vom Notdienst hat mir für sieben Tage eine Krankschreibung ausgestellt.

9

NO COMMENT

ES ist schönes Wetter. Stéphane ist vorbeigekommen, um mich nach der Arbeit abzuholen. Wir fahren in seinem Auto zurück. Ich hatte keine Lust zum Ficken. Heute morgen sagte ich ihm, daß ich ihn auf dem Rückweg vergewaltigen würde. Ich wollte ihm eine Gefälligkeit erweisen, ihm Spaß machen. Aber eigentlich fand ich es langweilig, ihn zu ficken. Ich sehe mir die Gegend an. Ich entscheide mich dafür, ihm eine Maske aufzusetzen. So werde ich wenigstens steif.

Ich nehme die aus schwarzem Leder, weil sie mehr nach S/M aussieht und weil ich seinetwegen verärgert bin. Ich verbinde ihm die Augen. Das ist offensichtlich eine gute Idee. Sein Schwanz wird steif. Er streckt mir begierig seinen Arsch hin, er denkt jetzt nur an seine Muschi. Ich ficke ihn neunzig Minuten lang. Da ich dadurch in Form gekommen bin, fange ich am nächsten Morgen erneut damit an. Aber jetzt bin ich nicht mehr böse auf ihn, und deshalb ziehe ich ihm die schwarze Latexmaske über. Latex finde ich geheimnisvoller, intimer. Er öffnet sich langsam, Millimeter nach Millimeter, wie eine Aprikose. Ich achte zum ersten Mal wirklich darauf, ihm absolut nicht weh zu tun. Ich schlecke die Maske ab. Ich spucke darauf, und dann lecke ich sie mit der ganzen Zunge wieder ab, während ich über ihn steige. Er röchelt leise. Er krallt sich an meine Titten. Er ist wie ich, als ich vor fünf Jahren mit Quentin meinen Arsch entdeckte. Ich ficke ihn eineinhalb Stunden lang.

Ich ficke ihn so lange, bis ich weiß, daß ich wieder einmal keine Lust zum Abspritzen habe. In solchen Augenblicken wäre ich gern tot. Ich lege an Geschwindigkeit zu, damit wir zum Ende kommen. Nachdem er abgespritzt hat, ziehe ich meinen Schwanz heraus, streife das Gummi ab und denke daran, auf sein Loch zu wichsen und es einzureiben, damit der Tod in ihn eindringt, und ich werde wieder steif, und dann gewinnt mein total angeschwollener Schwanz wieder die Oberhand, und da ich kurz davor bin zu kommen, denke ich an nichts mehr, die Soße spritzt wild heraus, und es ist wie in einem superguten Pornofilm, und gleich danach fange ich wieder an zu denken.

10

VERSUCH

DAS Wetter ist schön. Ich frühstücke auf der Terrasse des „Bon Pecheur". Zehn Uhr morgens. Das Viertel ist um diese Uhrzeit noch leer. Sehr ruhig. Ich gehe nach Hause zurück und erledige unterwegs einige Einkäufe. Ich rufe Stéphane bei der Arbeit an. Er nimmt ab. Er sagt Guten Tag, ich bin gerade in einer Besprechung, ich kann dich zurückrufen. Ich sage Nein, nicht nötig, ich will dir nur mitteilen, daß ich heute abend, wenn du hierher kommst, einen Dildo im Arsch haben und eine Maske tragen werde, dazu Handschellen, die du mir nur anzulegen brauchst, um mir Gewalt anzutun. Mit einer Unternehmerstimme sagt er In Ordnung, alles klar. Ich sage Wann kannst du denn hier sein? Er sagt Acht Uhr.

Um acht Uhr klingelt es. Ich öffne. Er sieht erregt aus. Ich mache eine Kehrtwendung. Ich verschränke die Handgelenke, damit er die Handschellen an die Hundeleine ankoppeln kann, die auf meinem Rücken hängt. Klick. Ich kriege einen Ständer. Er kommt herein, er schließt die Tür hinter sich, ich habe mich bereits vor seine Beule hingekniet, ich mache den Mund ganz weit auf, was wegen des Leders der Maske schwierig ist, er reißt sich blitzschnell den Hosenschlitz auf und holt seinen halbsteifen Prügel heraus. Also schiebe ich meinen Mund bis zum Schamhaar darüber. Ich sauge ihn. Er schwillt schnell an. Deshalb muß ich etwas zurückweichen, aber ich schiebe meinen Mund wieder darüber, und da ich voll erregt bin, kann ich ihn ganz verschlingen, bis seine Eichel hinter meinen Stimmbändern steckt, ich wichse ihn so in der Rachenhöhle und schnaube wild durch die Nase, ich sabbere wie verrückt.

Ich sauge gute fünf Minuten, dann fange ich von vorne an. Ich lecke ihn jetzt langsamer, die ganze Länge seines Schwengels, dann lecke ich nur die Eichel. Aber nicht lange, weil er mich oben an der Maske packt und mich dazu zwingt, seinen Schwanz in voller Länge zu schlucken. Das erregt mich ebenso heftig. Nach einem Augenblick zieht er meinen Kopf zurück. Er schaut mich von oben herab an. Kleine Schlampe! Er spuckt mich an. Wow! Ich bin so erfreut darüber, daß es so gut abgeht, daß ich etwas tue, das ich gewöhnlich nicht mache, weil ich finde, daß das schmutzig ist, aber jetzt habe ich Lust darauf, um so richtig zu zeigen, wer heute abend wer ist. Ich bücke mich und fange an, ihm die Latschen zu lecken. Gleichzeitig spreize ich die Knie und krümme mich total, um voll meinen Arsch zu offerieren. Ich weiß, daß das ein ziemlich erfreulicher Anblick ist: mitten in meinem haarigen Arsch, bei dem nur die Rille frisch rasiert ist, die Eier und das rosafarbene Fluoreszieren des Dildos, der aus meinem Loch hervorragt, die von den dünnen Riemen meines Ledertangas zurückgezogen werden. Weiter oben kann er auf meinen Rücken die an der Leine befestigten Hände sehen, noch weiter oben das Hundehalsband aus Leder um meinen Hals, der hinten von der Maske verschnürt wird. Ich habe meine Chaps nicht angezogen, um verwundbarer zu wirken, aber ich trage meine Militärstiefel mit dicken braunen, etwas trashigen Synthetiksocken, die darüber gerollt sind.

Er schlägt mich auf den Arsch. Als das zu hart wird, richte ich mich wieder auf, um seine Eier zu verschlingen und sie zu lecken. Er unterbricht mich, er stößt mich auf den Boden, er ist etwas brutal, aber sei's drum, das ist nicht der Augenblick, um etwas zu sagen, er packt mich am Hals, er schleift mich in Richtung Zimmer. Ich bewege mich so gut es geht vorwärts, halb kniend, halb kriechend. Das nutzt er aus, um mir echt hart auf den Arsch zu schlagen. Als wir im Zimmer sind, packt er mich an den Schultern, wirft mich auf das Bett, ich baue mich auf, den Oberkörper auf dem Fußende des Bettes, immer noch kniend mit dem Arsch in der Luft, nein, das ist nicht, was er will, er läßt mich auf das Bett klettern, ich baue mich erneut auf, die Boots in der Luft gespreizt, ich senke meinen Arsch, damit er für seinen Kolben nicht zu weit oben ist, während er ein Kondom sucht, er streift es über, er schlägt mir zwei-, dreimal auf den Arsch, er entfernt den Riemen des Tangas, der Dildo rutscht von selbst heraus, er schubst dagegen, um ihn ein-, zweimal wieder voll hineinzustoßen, und dann zieht er ihn heraus, er wirft ihn aufs Bett, er bringt seinen dicken Schwanz in Stellung und fickt mich wie ein Gott.

Wir machen es nie wieder. Ich finde, es wäre doof, ihn genau die gleiche Nummer wiederholen zu lassen, deshalb warte ich darauf, daß er es selbst vorschlägt. Er tut es nicht.

11

AUS DEN FERIEN ZURÜCK

ICH sehe meine Post durch. Quentin hat mir geschrieben. Ich lese Unsere erste Geschichte ist beendet. Die zweite hat noch nicht begonnen. Ich bedauere, daß du meinetwegen gelitten hast. Ich möchte dir zuhören, ruhig mit dir sprechen, in einem Park. Ich zeige Stéphane den Brief. Stéphane sagt zu mir Das könnte von Jean-Marc sein. Ich denke Aber trotzdem irgendwie nicht.

Ich bin sauer. Ich räume auf, ich fülle die Waschmaschine, ich werfe die verdorbenen Lebensmittel aus dem Kühlschrank weg, ich habe Hunger. Ich kann kaum einschlafen, trotz der zwei Biere im „QG“ und des Joints. Die Gäste der Nachbarn gehen um drei Uhr morgens nach Hause. Die Wagentüren knallen, der Motor wird angeworfen. Das Haustor knarrt, quietscht, knirscht. Ich springe zum Fenster, ich habe Lust, sie mit einem Maschinengewehr niederzumachen wie in „Taxi Driver“. Ich rufe erneut bei der Hausverwaltung an. Erste Version, zweite Version, dritte Version.

Am nächsten Morgen gehe ich nicht arbeiten. Schließlich kommt Stéphane nach der Arbeit zu mir. Ich fordere ihn auf, sich auf alle vier zu begeben, um mir den Schwanz zu lecken, während ich einen Joint zu Ende drehe. Ich spreize breit die Beine, um meinen Schwanz zu sehen. Ich bin nackt bis auf die Turnschuhe und hochgezogene Fußballersocken. Ich sage zu ihm, er soll sich pluggen und sich Klemmen in die Brustwarzen tun. Ich lege ihm Handschellen an. Sie sind aus Leder, und es gibt eine für jedes Handgelenk. Es sind eigentlich mehr Armbänder als Handschellen, sie schmerzen nicht, deshalb kann man sie stundenlang tragen. Danach lege ich ihm das Hundehalsband aus schwarzem Leder an. Ich befestige jede Handschelle an den Ringen, die sich rechts und links an dem Halsband befinden. Mit einer Leine verbinde ich die beiden Handschellen an an jedem Oberschenkel, danach an den Tittenklammern. Wenn er sich jetzt irgendwie bewegt, ist es so, als würde er etwas gewürgt, etwas gezwickt, gerade so viel, daß es wie zwei Hände wirkt, die daran ziehen, aber nicht genug, um richtig weh zu tun. Der Schmerz ist nicht das Ziel des Spiels.

Ich besorge es ihm von hinten, während ich ihn leicht peitsche. Ich sage Gib mir jetzt ein richtig offenes Loch. Er gibt es mir. Danach sage ich Mach's wieder zu. Er macht es zu. Das ist echt gut. Auf dem Rücken liegend, mit den Händen am Hals befestigt, hat er eine gute Viertelstunde ein pralles Rohr, ohne sich zu berühren. Ich mache ihm einen Arm frei, damit er mich an den Eiern ziehen kann. Selbstverständlich ist es ihm verboten, sich selbst zu wichsen. Ich kette seine Hand wieder an.

Ich schiebe ihn für einen ausgedehnten Fick auf das Bett. Und dann nervt es mich. Also lege ich ihm ein

Kopfkissen auf das Gesicht. Ich drücke zu. Das erregt mich. Ihn übrigens auch. Er streckt mir voll seinen Arsch hin. Ich drücke stärker zu. Ein Orgasmus zeichnet sich ab. Ich drücke immer stärker zu, und dann muß ich aufhören, weil es riskant wird. Der beginnende Orgasmus klingt ab, und ich weiß, daß ich ihn nicht mehr anleiern kann, deshalb stoße ich ihn tief hinein, damit er abspritzen kann, und er spritzt ab, und ich ziehe ihn raus und wichse mich, und danach lege ich mich neben ihn, ohne ihn anzufassen. Ich schließe die Augen. Nach einem Augenblick fragt er mich, was ich hätte. Ich sage Ich möchte die ganze Welt niederknallen, alle Spielzeuge zerschlagen und ganz allein in dem ganzen Blut bleiben und heulen, bis ich sterbe. Er sagt, daß das als Filmszene toll wäre.

12

SPRECHSTUNDE

Ich erkläre meiner Ärztin, daß meine T4-Helferzellen gestiegen sind. Als ich sie zum letzten Mal sah, waren sie niedrig, aber ich war extrem erschöpft, ich war gerade umgezogen, ich hatte den Typen verlassen, mit dem ich fünf Jahre zusammen gewesen war, er hatte gedroht, mir Vitriol ins Gesicht zu schleudern. Ich sage zu ihr Das Problem ist, daß ich mich mit dem Neuen langweile, er fasziniert mich nicht, der andere war verrückt, und ich liebte ihn, es ist immer der weniger Verrückte, der verrückt ist nach dem Verrückteren, und der Verrücktere ist offensichtlich nur nach sich selbst verrückt. Sie sagt zu mir, daß man da nichts machen kann, daß das eben so ist, entweder man ist vernünftig und tut sich mit einem Normalen zusammen und langweilt sich, oder man tut sich mit einem Verrückten zusammen, der einem Vitriol ins Gesicht schleudern will, und man amüsiert sich. So ist das. Ich sage ihr, daß mich das vier Jahre lang deprimiert hat, aber jetzt bin ich reifer geworden, vielleicht könnte es mit Quentin klappen. Ich habe an diesem Wochenende in einem Heft gelesen, daß für pathologische Verführer am besten jemand geeignet ist, der extrem beruhigend ist und der ihr Spiel spielen kann, wenn möglich mit etwas Perversität. Sie fragt mich Wo ist er jetzt, ist er verreist? Ich sage Er befindet sich dreihundert Meter von mir entfernt.

Sie macht den üblichen Check-up, ist ganz interessiert. Meine Ärztin hat ganz runde blaue Augen, einen runden Mund, dicke Lippen, einen runden Kopf und braune Haare. Sie ist jung und zutiefst beruhigend. Sie erkundigt sich Und Ihre Arbeit? Ich erzähle ihr von meinem Buch. Sie fragt mich Und um was geht es da? Ich lache laut und sage ihr, daß das Thema das gleiche wie von Moderne Mesclun in dem Agrippine-Comic. Haben Sie Agrippine gelesen? Sie sind in einem Café, und er erzählt ihr von seinen Projekten, darunter auch seine erotische Autobiographie auf dem Hintergrund von gregorianischem Rap. Und ich sage ihr, daß das Thema meine erotische Autobiographie vor dem Hintergrund von gregorianischem Rap ist, weil ich beim Schreiben Depeche Mode höre.

Ich erzähle ihr, daß Quentin mir geschrieben hat. Ich sage ihr, daß ich seinen Brief auf der Rückseite einer Mahnung der Elektrizitätswerke beantwortete, die ich erhielt, weil Strom und Gas immer noch auf meinen Namen laufen. Ich habe geschrieben Ich weiß im Augenblick nicht, was ich antworten soll. Guillaume. Meine Ärztin bemerkt treffend, daß das kein Nein ist.

13

COMPULSION

ICH gehe ins „Marks and Spencer“ an der Oper. Zuerst sehe ich mir genau die ganze Lebensmittelabteilung an, dann fahre ich in die Männerabteilung hoch, wo ich die Unterhosen begutachte, und nach den Sonderangeboten bremse ich mich, um nur Nützliches und Transportierbares zu kaufen. Trotzdem kaufe ich zwei lange, enge, blaue Thermalunterhosen für den Winter und vier Paar fast schwarze Baumwollsocken für zehn Francs, zwei mit Muster und zwei ohne Muster, und dann finde ich für Stéphane ein tolles Winterjackett in dunkelgrau und extrem herabgesetzt. Danach fahre ich zu den Lebensmitteln hinunter und kaufe Krautsalat und einen billigen australischen Weißwein, der einfach und gut aussieht, ebenso neuen Spinat in einem Behälter für die Mikrowelle und frische Minicocktailwürstchen zum Grillen, zweimal sechs verschiedene Sorten, einen Karottensalat mit Nüssen, einen Bohnensalat und dann noch alten orangefarbenen Cheddar und Vollkornmuffins, Gemüse zum Dünsten, Soja, Karotten,

Champignons und geräucherten kanadischen Schinken. Und gebackene Bohnen mit Tomaten, ich nehme das Originalrezept, nicht den „Boston spicy“, sondern das traditionell englische, das man morgens mit Eiern und Toast ißt.

Marks und Spencer ist faszinierend. Man braucht selbst nichts mehr zu tun. Alles ist fertig zubereitet, Tikka-Hühnerbuletten, die Bratspieße mit irländischem Lachs, der Krabbencocktail, der Krautsalat, das gewaschene und kleingehackte Gemüse zum Andünsten, die Schweinepasteten, der quadratische Käse. Nur der Kuchen fällt aus dem Rahmen. Selbst die Cakes sehen durchschnittlich aus. Eine Generationsfrage, die Käufer stehen sicher mehr auf Sojasprossen und Zwergtomatensalate als auf Mince Pie und Puddings. Ich fahre mit der S-Bahn nach Hause und sehe mit meinen Tonnen von Einkäufen wie ein Depp aus. Bald wird es „Marks and Spencer“ am Hôtel de Ville geben. Das wird toll.

Zu Hause angekommen, packe ich die frische Ware in den Kühlschrank, und dann ziehe ich eine der Thermohosen an und rauche einen Joint, und dann wichse ich und schlafe. Ich wache auf, als Stéphane seinen Schlüssel im Schloß umdreht. Ich sage ihm, daß er sein neues Jackett im Wohnzimmer anprobieren soll, bevor er sich nackt auszieht. Das Sakko steht ihm gut, ich wußte es, es hat sogar den gleichen Schnitt wie das blaue und das grüne, die ihm sehr gut stehen. Er kann nicht behaupten, daß ich mich nicht um ihn kümmere.

14

LIVING IN THE GHETTO

AM Sonntagabend habe ich Tom im „Loco“ getroffen. Er sagte mir, daß sein Ex tot ist. Erst als ich wieder zu Hause war, dachte ich daran, ihn zu einem Abendessen einzuladen, das ich am nächsten Tag mit zwei Freunden von Stéphane geplant hatte. Ich habe eine Nachricht auf seinem Anrufbeantworter hinterlassen, nachdem ich die Einkäufe erledigt hatte. Er rief zurück, um mir zu sagen, daß er kommen würde. Während des Essens hat Stéphane erfahren, daß ein Typ, den er von der französischen S/M-Vereinigung kannte, gestorben ist. Das hat ihn ziemlich mitgenommen, aber er erzählte es mir erst am nächsten Tag.

Die Gäste sind gegangen. Mir war heiß, wir hatten zu fünft fünf Flaschen geleert. Ich sagte zu Stéphane Ich habe Lust, dich im Sling eines Bordells zu vögeln. Er wusch sich den Arsch, bevor wir gingen, ich nahm Gummis und ein anästhesierendes Gel. Wir kamen an. Ich habe ihn auf einem Sling in einer Kabine gefickt, die Ketten hatten zwei Ringe, die kling, kling, kling machten, der Sling war etwas zu hoch, ich mußte mich auf die Zehenspitzen stellen, um richtig tief hineinficken zu können. Ich war halbsteif, dann härter, dann wieder schlapper, dann wieder härter. Das ging etwa eine halbe Stunde so. Ich sagte Gut, wir bringen's zu Hause zu Ende, das ist bequemer. Im Auto sagte ich keinen einzigen Ton. Wir gingen nach oben. Ich habe stumm einen Joint gedreht. Wir fingen nochmals an. Ich erzählte ihm schließlich eine Menge Mist. Du bist nicht aufregend, du überraschst mich nicht, du kannst meine Titten nicht handhaben, dein Arsch langweilt mich, entschuldige bitte, ich bin gerade deprimiert, mir wär's lieber, wenn du mich fickst. Oder aber ich ficke dich ohne Gummi. Er sagte Fick mich ohne Gummi. Ich wurde sofort wieder beinhart. Ich dachte Jedenfalls kommt es mir sowieso nicht, und ich kann bestimmt verhindern, ihm in den Arsch zu spritzen. Ich schob ihn wieder rein. Klar, daß ich nach fünf Minuten Lust hatte, abzuspritzen, während es mit einem Gummi nie geschieht, da ich dabei zu sehr auf Distanz bleibe. Ich sagte Ich habe Lust abzuspritzen. Er sagte Mach's doch. Ich sagte Ich finde, es wäre besser, das Ergebnis deines Tests abzuwarten. Den Test hat er noch nie gemacht. Er ist sowieso davon überzeugt, daß er positiv ist. Aber ich habe ihn dazu gebracht, den Test zu machen. Ich sagte Wir machen es ein anderes Mal. Ich zog ihn raus und spritzte auf seinem kleinen Fickarsch ab. Eine Woche später war das Testergebnis negativ. Ich sagte mir, das es gut von mir war, nicht in seinem Arsch gekommen zu sein. Und dann fühle ich mich allein. Enttäuscht. Und dann wieder allein.

15

PEOPLE ARE STILL HAVING SEX

ICH lebe in einer wunderbaren Welt, in der jeder mit jedem schläft. Die Landkarte dafür findet sich in allen Szenezeitschriften, die ich fleißig lese. Bars. Diskos. Restaurants. Saunen. Computersex. Telefonsex. Orte zum Aufreißen. Und alle Telefonnummern und Adressen und Vornamen, die dazugehören. In dieser Welt hat jeder mit mindestens fünfhundert Typen gefickt, größtenteils sogar dieselben. Die Typen, die ausgehen. Aber die Netze decken sich nicht unbedingt. Die Typen, die eher Barttypen sind. Oder eher Diskotypen. Oder eher Bar-Diskotypen. Oder eher Saunatypen. Oder eher Telefonsextypen. Oder eher Computersextypen. Eher braun. Eher blond. Eher mit Muskeln. Eher hardcore. Eher klassischer Fick. Man hat die Wahl. Und niemand will eine Familie gründen. Man ist in dieser Welt allein, oder zu zweit, außer wenn man für eine kürzere oder längere Zeit einen Sklaven im Haus hat. Ich finde diese ganze Erfindung einfach gut. Ich habe einen Freund, der seine Hände um eine Hand seines Kerls gelegt hat, und zwar im Arsch eines Typen, der in der Szene ziemlich bekannt ist, dessen Titten und dessen Schwanz außerdem gepierct sind und der mit einem beeindruckenden Gerät ausgestattet ist, von dem er andere reichlich profitieren läßt.

So wie ich mit dem, das ich zu Hause habe, in einem kleinen Zimmerwandschrank mit fünf Ablagen. Ganz oben sind die sperrigen Sachen: zwei Paar Chaps, einen in Leder, einen in Latex, ein Pott zum Waschen und ein Klistier, außerdem einen kegelförmigen Riesenschwanz zum Draufsitzen. Darunter sind die Dildos und die Plugs, die nach der Größe auf zwei Ablagen angeordnet sind: zwei große Plugs, vier kleine, vier Doppeldildos, acht Normaldildos. Darunter ist das Kleinzeug, das an Nägeln hängt: fünf Paar verschiedene Tittenklammern, Wäscheklammern, ein Lederband für die Eier, ein Hundehalsband, zwei Kopfmasken, eine in Leder, eine in Latex, sechs Schwanzringe, in Stahl oder Leder, einfach oder mit zugehörigem Eierriemen, zwei Schwanzhüllen, eine einfache aus anpaßbarem Leder mit stumpfen Enden, die etwas folkloristisch wirkt, eine Reitpeitsche, eine Klopfpeitsche, ein schwarzes und ein rotes Schwitztuch zum Knebeln oder zum Fesseln, ein ausgebuchtetes Knebelrohr, womit man direkt in den Hals pissen kann, ein Kugelknebel, bei dem sich die Kugel aufblasen läßt, Tittenklammern, die sich auf einem Y aus dehnbarem Leder befinden, das sich mit einem Schwanzring verbinden läßt, so daß zuerst an den Titten, dann am Gemächt gezerrt wird, ein mit Blei beschwerter Ball-stretcher, der nicht zu schwer ist, dreihundert Gramm, auch nicht zu groß, drei Zentimeter (man legt ihn zwischen Schwanz und Eiern an oder an den Schwanzring), zwei Paar Handschellen, ein Lederband mit Handschellen, die man auf dem Rücken oder auf dem Bauch tragen kann, je nachdem, wo an es anlegt. Ganz unten befinden sich dann noch die sperrigen Sachen: ein Eisenstab mit regulierbaren Abständen und Lederhandschellen an beiden Enden, ein Ledergeschirr, zwei Paar Militärstiefel, meine deutschen Stiefel.

Ich kaufe seit Jahren solche Sachen. Viel davon. Ich habe viel davon weggeworfen, Zeug, das ich gekauft habe, ohne Bescheid zu wissen, Dildos, die zu hart oder zu bizarr waren, zu enge Schwanzringe, zu starke Klammern. Ich habe nur das davon behalten. Das absolut Notwendige. Ich habe in Reichweite alles, was ich benötige. Alkohol. Haschisch. LSD. XTC. Koks. Gras. Poppers. Fickmagazine. Fickpornos. Eine Polaroidkamera.

Bestimmte Sachen sind dienlicher als andere. Ich liebe sie alle. Sie sind wie Teile von mir, die sich dorthin begeben, wo ich sie hinhaben will, und bewahren dort meinen Einfluß. Aber es ist auch ihre Pflicht, dem Körper zu dienen. Kopfmaske Halsband Knebel Tittenklammern Handschellen Dildos Schwanzring Lederband für die Eier Schwanzabklemmer Gewichte Handschellen. Kopf Hals Mund Titten Handgelenke Arm Arsch Gemächt Schwanz Eier Knöchel Beine. Alles ist in Bereitschaft. Bereit, die Wirkung des Schwanzes im Mund oder im Arsch maximal zu steigern, die Peitschenschläge auf dem Arsch, die Beine der Rücken die Schultern die Arme die Hände die Füße die Eier der Schwanz. Das tut niemals weh, wenn man es richtig macht. Ich bin kein Sadist. Nur ein bißchen größenwahnsinnig. Das hinterläßt keine Spuren. Und überhaupt ist alles, was ich tue, alles, dessen ich mich bediene, zuvor an mir ausprobiert worden. Also läuft alles gut. Selbst die großen Dildos werden ohne einen Tropfen Blut wieder herausgezogen, selbst diejenigen, die dicker als eine Faust sind und die bis hinter den zweiten Schließmuskel gehen. Ich bin meines Körpers sehr bewußt geworden, seines Äußeren wie seines Inneren, und ich glaube, das ist der Grund. Ich arbeite. An meiner Brust, meinem Arsch, meinen Ejakulationen, an allem möglichen.

Ich frage mich, ob das finster oder gut ist. Ich denke an das, was Jeanne Moreau ihrer Nichte in einem amerikanischen Film sagte, in dem sie alt und extravagant ist. Sie sagt zu ihr Nein, ich glaube nicht, daß du dumm bist. Ich glaube, daß du die Hoffnung verloren hast. Man sollte nichts machen. Absolut nichts. Während man darauf wartet, daß die Hoffnung zurückkehrt. Als ob sie genau wüßte, daß sie immer wiederkommt. Vielleicht weil sie recht hat. Ich habe es gestern abend versucht. Anstatt online zu gehen oder wie gewöhnlich in einer Bar etwas zu trinken, habe ich gewartet. Und tatsächlich, nach einigen Minuten kam die Hoffnung wieder. Sie kam zuerst im linken Bein wieder, ich habe es gefühlt. Eine Muskelentspannung. Alle Homos gehen in ein Gym. Oder sie gehen schwimmen. Sie sind fast alle positiv. Es ist irre, wie lange sie durchhalten. Sie gehen immer noch aus. Sie ficken immer noch. Viele unternehmen alles mögliche, gegen Meningitis, Durchfall, Pilze, Kaposi, PLC. Und dann geht es wieder. Manche sind einfach nur etwas mager. Diejenigen, die PCP oder noch ausgeflipptere Dinge haben, hat man im allgemeinen seit einiger Zeit nicht gesehen. Man redet nicht darüber. Keiner meiner nahen Freunde ist gestorben, so gesagt. Vier Typen, mit denen ich gefickt habe, sind gestorben, das weiß ich. Ich vermute, noch andere. Nicht viele. Offensichtlich sterben nicht so viele Menschen. Es sieht so aus, daß Aids so etwa wie Diabetes wird. Solange noch das Gesundheitswesen Geld haben wird, wird man uns pflegen. Wir brauchen uns keine Sorgen zu machen.

Es ist nun schon einige Jahre her, daß ich diese Welt betreten habe. Ich verbringe die meiste Zeit in ihr. Ich persönlich ziehe es auch vor, nach London zu reisen, als Budapest zu entdecken. Budapest, das kann warten. Man fühlt sich wohl im Getto. Da sind viele Leute. Es werden immer mehr. Homos, die darauf aus sind, dauernd zu ficken und nicht mehr so oft wie vorher in die normale Welt gehen möchten. Abgesehen vom Job oder vom Besuch der Familie kann man alles machen, ohne das Getto zu verlassen. Sport, Einkäufe, Kino, Restaurant, Urlaub. Es gibt nicht überall ein Getto. Es gibt das Stadtzentrum von Paris. Es gibt London, Amsterdam, Berlin, New York, San Francisco, Los Angeles, Sydney. Im Sommer gibt es Ibiza, Sitges, Fire Island, Mykonos, Mallorca. Sex ist dabei das Wichtigste. Alles dreht sich darum: die Klamotten, die kurzen Haare, gut gebaut zu sein, die Toys, das Zeug, das man nimmt, der Alkohol, den man trinkt, die Sachen, die man liest, die Sachen, die man ißt, und man sollte nicht zu heavy drauf sein, wenn man ausgeht, weil man sonst nicht ficken kann. Man geht selten allein nach Hause, wenn man lange genug durchhält und wenn man nicht zu deprimiert ist. Wenn man sich nicht sagt, daß man es schon mit allen guten Typen getrieben hat, die anwesend sind. Oder all diejenigen, von denen man weiß, das man es mit ihnen treiben kann. Aber oft kann man die aufreißen, von denen es man nicht angenommen hat. Es gibt Fortschritte.

Gestern abend erholte sich Stéphane vom Wochenende, ich konnte nicht wie sonst schlafen, wenn ich ausgestreckt daliege. Ich frage mich, ob ich allein wohnen oder in drei Monaten wieder mit Stéphane zusammenwohnen sollte. Ich habe gekündigt, ich ertrug die Wohnung nicht mehr. Es gibt diesen Plan, eine Terrasse zu haben, was ich mir nie leisten könnte, wenn ich allein wohne. Ich fing an, meine Fickhefte zu sichten und die Seiten herauszureißen, die ich aufgeilend fand. Ich habe daraus ein Bild auf dem Boden des Wohnzimmers gemacht. Sechs Quadratmeter mit Fotos von Schwänzen, auch einige Ärsche, aber vor allem Schwänze, die meisten steif, die meisten schön. Das war nicht übel. Als ich fertig war, setzte ich mich auf das Sofa und holte mir einen runter, trank ein Heineken und schnüffelte Poppers. Danach ging ich gegen drei Uhr schlafen. Ich lebe in einer Welt, in der viele Dinge, die ich für unmöglich hielt, möglich sind.

ZWEITER TEIL

1

DER SCHÖNE SERGE

WIR lernten uns im „Queen“ kennen, ziemlich spät, zu der Uhrzeit, wo praktisch nur noch die ganz Ausgeflippten da sind. Ein bißchen kahl. Ein Meter fünfundachtzig, achtzig Kilo. Wahnsinnig gut gebaut. Ein ewiges Lächeln aufgrund von weißen und regelmäßigen Zähnen. Jung genug. Tolles Gesicht. Offensichtlich voll auf einem sehr guten Stoff drauf. Zuerst haben wir uns angesehen. Dann tanzte ich und hing mich auf Stéphane, um ihn zu heiß zu machen. Er gesellte sich zu uns. Wir machten auf der Tanzfläche eine Show und taten so, als würden wir zusammen ficken. Er wurde steif. Ich spürte die Länge. Danach haben wir uns gelöst. Im Krach der Musik haben wir drei Worte gewechselt. Ich schickte Stéphane los, um uns Getränke zu besorgen. Ich sagte Schlampe, ich habe wahnsinnige Lust, dich zu blasen. Er sagte Kein Problem. Er zog mich zum Klo. Ich sagte mir Das ist cool, er weiß, was er will. Ich folgte ihm, ohne zu zögern. Das Klo war besetzt und davor war eine Schlange. Ich sagte Gut, was machen wir jetzt. Er zog mich in einen toten Winkel direkt neben dem Eingang. Er hat der Tanzfläche den Rücken zugedreht. Ich ging vor ihm auf die Knie. Er packte seinen superschönen Schwanz aus, und ich habe ihn in den Mund genommen, wobei ich mich fünf Minuten lang wichste. Das war cool. Danach sagte ich Okay, mein Kerl wartet auf uns, wir müssen zurück, okay? Er sagte Okay. Stéphane wartete an der Bar mit den Getränken, ganz cool wie gewöhnlich.

Wir einigten uns sehr schnell über das weitere Vorgehen. Zuerst fahren wir bei ihm vorbei, um eine neue amerikanische Droge zu nehmen, die ich nicht kenne und die beim Ficken anscheinend super ist, und danach gehen wir zu uns, weil es da Toys gibt und bei ihm nicht. Ich bin bereits fast davon überzeugt, daß die Sache wegen dieses letzten Details schiefläuft, aber er ist supergeil, daß ich mir nicht eine Sekunde lang vorstellen kann, es nicht mit ihm zu treiben, jetzt, wo es möglich ist.

Bei ihm ist es top. Eine Wohnung im Loft-Stil. TV und Lautsprecher auf dem Klo. Klassemöbel. In der extragroßen Eßnische der Einbauküche ein Briefumschlag, auf dem der Name einer Fernsehsenders steht. Er legt sehr starke Trance-Musik auf. Der Klang ist super. Wir probieren sein Pulver. Nach zehn Minuten sind wir superdurchgeknallt. Das sollte man filmen. Wir ziehen uns aus. Er ist jenseitig. Superkolben, sehr dick und sehr lang, dicke, fleischige Eier. Ich sauge ihn. Ich mampfe seine Eier. Er schlägt mich auf den Rücken, den Arsch. Er spielt den Macho. Das gefällt mir. Er macht auf Du bist eine richtige Schlampe, echt, eine richtige Schlampe. Du machst mich steif. Ich checke. Er übertreibt. Ich bin mir sicher, daß er mich nicht ficken wird, aber sei's drum. Auf dem Klo war eine alte, volle Schachtel mit billigen Präsern, die für einen dicken Schwanz wie seinen viel zu klein sind, und wenn er ihn regelmäßig in einem Arsch benutzen würde, hätte er einen Qualitätsgummi. Ebenso komisch sind ein Paar Edelpumps auf dem Fußboden neben dem Spiegel in seinem Zimmer. Aber das ist das einzig Weibliche in seiner Wohnung. Vielleicht ist er bi, dieses angeberische Arschloch. Er sieht mir in die Augen. Ich ihm auch. Wir lächeln. Er sagt zu mir Schau mich nicht so an, sonst heirate ich dich noch. Ich sage zu ihm Ich kann nichts dafür, so ist das eben. Er sagt Wow wow wow! und klatsch sich in die Hände, während ich auf den Arsch des Herzchens schlage, um die Atmosphäre etwas sexier zu machen. Und dann ist das Herzchen zu bekifft und schläft auf dem Parkett mit der Lederhose an den Knöcheln ein. Es ist klar, daß dieser Serge mir gefällt, es sieht so aus, als sei ich verliebt. Das Problem ist, daß er mich ganz offensichtlich nicht fickt. Nur ein oder zwei Stöße, ohne Präser, einfach so, in der Küche bei geöffneten Fenstern, nachdem die Antenne seines Handys abgebrochen war, das er mir in den Arsch schieben wollte. Es ist klar, daß dieser Typ kein Gewohnheitsficker ist. Es stimmt schon, man kann im Leben nicht alles machen. Er sagt mir mehrmals, daß es ihm leid tut, daß er zu weggetreten ist. Ich sage zu ihm Macht nichts.

Er schläft auf der Couch ein, während ich ihn sauge. Die Anlage spielt jetzt eine Oper, das muß das sein, was er gewöhnlich hört. Ich bin allein, ich gehe in sein Zimmer, ich gucke mir die wenigen Bücher an, eine Methode, um den perfekten Körper zu erlangen und wie man ihn behält, liegt auf dem Nachtisch, die Videos unter dem TV-Gerät gegenüber dem Bett, keine Pornos, oder sie sind gut versteckt, eine Kommode mit Slips, Unterhosen, Schuhen, Halstüchern. Alles ist perfekt. Die Slips sind perfekt. Die Boxershorts sind perfekt. Die Socken sind perfekt. Ich probiere einen blauen Slip an, der nicht übel ist, dann einen Jockstrap, ich habe fast den gleichen, nicht so toll, dann eine Nikos, die supergut geschnitten ist, und die mir klasse steht. Ich stecke ihn in meine Jacke, danach suche ich einen Behälter für das Pulver. Ich finde auf seinem Schreibtisch eine leere Filmdose. Ich fülle mein kleines Geschenk hinein. Ich kaue auf einer Scheibe Knäckebrot herum. Im Kühlschrank ist sonst nichts. Die Oper läuft immer noch. Ich wecke Stéphane auf. Wie geht's? Er ist okay. Ich schreibe dem schönen Serge eine kleine Nachricht mit unserer Telefonnummer. Draußen scheint die Sonne. Ich setze meine Sonnenbrille auf. Die Straßen sind schon belebt. Wir fahren nach Hause. Stéphane am Steuer. Schokoladebrötchen. Croissants. Der Sohn des Bäckers ist immer noch unser Fan. Es tut gut, nach Hause zurückzukommen. Dann rauchen wir einen Joint. Und ich ficke Stéphane.

Er ruft gegen sieben oder acht Uhr an. Hallo ich bin's Sergio man. So hatte ich ihn tatsächlich genannt. Er geht zu einem Essen, aber man kann sich später treffen. Er ist schon seltsam. Er ruft um Mitternacht wieder an. Gut, das ist normal, zu dritt ist es immer etwas kompliziert. Hier ist einmal jemand, der mich interessiert. Der mich beeindruckt. Dieser Deckskerl. Ich bin mir sicher, daß er mich nicht mehr anrufen wird.

Er ruft wieder an, aber um ein Uhr dreißig. Das fängt schon schlecht an. Er entschuldigt sich. Ich mache es kurz. Er ist mit seinem Essen noch nicht fertig, ob man sich um drei Uhr im „Folies“ treffen kann, aber nein, vielleich doch lieber um drei Uhr dreißig? Ich sage Okay. Ich lege auf. Ich sage zu Stéphane Na ja, ich habe einfach zu sehr Lust darauf, einmal richtig mit ihm zu ficken. Ich muß da hin. Stéphane sagt, daß das kein Problem ist.

2

DAS TREFFEN

ICH bin im „Folies Pigalle". Da ist ein Mädchen mit einem knallengen, grellrosa T-Shirt, auf dem versilbert „Babie" steht. Sie tanzt supergut. Sie ist so geil wie ein Schwuler oder ein Schwarzer. Es ist drei Uhr. Ich habe ein Viertel LSD genommen, drei Linien Koks hochgezogen, zwei Joints geraucht und zu Hause ein Bier getrunken, bevor ich loszog. Drogentechnisch drauf, aber nicht zu sehr. Ich plaudere mit dem Taxifahrer. Am Eingang zum „Folies" steht ein Typ, mit dem Quentin und ich vor Jahren es zu dritt treiben wollten. Er sagt zu mir Hallo, bist du in Begleitung? Ich habe einen Paranoiaschub, ich verstehe nicht, was er sagen will, ich sage zu ihm Nein, ich bin solo, kann ich rein? Er sieht etwas überrascht aus, aber er muß doch sehen, daß ich bedröhnt bin. Als ich drinnen bin, sage ich mir Ist doch klar, daß er nicht jemanden rauswirft, den er kennt, und ich sage mir Scheiße, das ist nett, ich kenne den Türsteher vom „Folies". Solche Sachen beeindrucken mich. Ich weiß, daß das nichts bedeutet. Hinter dem Eingang steht einer der Betreiber, ein riesiger und magerer Chinese, der anderweitig Schock-T- Shirts macht. Ich bin ihm bei einer Modenschau begegnet, zu der mich mein Freund Georges mitgenommen hat. Der Chinamann klappt sich über mir zusammen, um mich schlaff auf die Backe zu küssen. Grüß dich! Ich kaufe mir ein Bier. Ich rauche eine Kippe. Ich tanze.

Heute abend kenne ich hier absolut niemanden. Kein Kumpel, keine Fick, niemand, mit dem ich bereits mehr als zwei Sätze ausgetauscht hätte. Das streßt mich etwas. Außerdem ist das LSD stark. Ich kriege davon Rückenschmerzen, und es geht mir auf die Backenmuskeln, und ich bin extrem übersteuert, und ab und zu muß ich nach Luft schnappen und habe Hitzewallungen. Ich beruhige mich, indem ich mir sage, daß das mit LSD immer so ist. Es hat auch seine positiven Seiten, die Lichter und die Farben sind etwa zehn Mal realer als in der Realität. Da ich auf einem guten Trip bin, kann ich nicht mehr als zwei Sekunden an etwas Unangenehmes denken. Meine einzig wirkliche Sorge besteht in dem, was ich empfinde und in der absoluten Notwendigkeit, mich zu bewegen, um die echt exzessive Energie abzubauen, die ich dadurch bekomme.

Erst drei Uhr. Ich hatte beschlossen, um zwei Uhr dreißig zu gehen, um ihn nicht ja zu verpassen. Es gefällt mir, das Ladenmädchen zu spielen. Die Musik ist gut, der Sound ist besser als sonst, also tanze ich. Wenn ich LSD nehme, entspannt sich mein Rücken beim Tanzen. Zuerst heize ich mich an, und als ich gut drauf bin, steige ich auf die Bühne, ziehe mein T-Shirt aus und tanze mit nacktem Oberkörper, in Jeans, Hosenträger auf den Schenkeln, Militärstiefel. Es ist gut, feste Schuhe zu tragen, wenn man leicht ins Schwanken kommt.

Und dann wird die Musik weniger gut, zu hardcore. Ich gehe wieder runter. Ich bin in Schweiß gebadet. Ich gehe aufs Klo, um mich zu erfrischen. Ein langer rosafarbener Gang. Algerische Tunten machen andere Algerier an. Ein Weib tut an der Pißrinne so, als könnte sie wie ein Typ Wasser lassen. Ich konnte jedenfalls nicht pissen, deshalb trete ich zurück, damit sie es uns zeigt. Sie versucht es, zieht den Reißverschluß herunter, und dann gelingt es ihr nicht. Das Gequatsche ist hier etwas aggressiv, das ist die algerische Anmache. Ich pisse in einer der Kabinen, die gerade frei sind. Ich sage mir, daß man sie nicht hätte hereinlassen sollen, das kommt bei den Algeriern nicht gut.

Der Abend ist supergelungen, finde ich. Es gibt nur beautiful people, die gut tanzen, alle sehen begeistert aus, total gut drauf oder noch ganz neu im Nachtleben, oder beides. Nichts zum Ausreißen. Zuviel Fashion. Auf LSD geht das. Acid mag ich nicht so richtig, ich finde, daß es zu stark ist, aber okay, man muß anerkennen, daß das sehr viel Kraft gibt. Sobald die Musik etwas weniger Trance hardcore ist, tanze ich wieder intensiv. Der DJ ist megastark, er spielt nacheinander Deep Disco Schwenk-den-Arsch, härtere Trance-Musik, bis es schließlich wirklich etwas zuviel ist, man wird ruhiger, hoppla, dann geht's wieder los. Die Typen schreien vor Schmerz auf, wenn er den den Rhythmus mitten im Mix abbricht. Ich mache eine Pause. Treppe. Gang. Bar. Ich bin schweißüberströmt, etwas zu hart für hier, ich werde nicht sofort bedient, aber schließlich ist es okay, der Gin-Menthe ist reichlich.

Um vier Uhr ist er immer noch nicht da. Ich gehe allein raus. Ich laufe um die Place Pigalle herum. Ich koche vor Wut. Am Eingang vom „Transfer“ lächelt mir der Türsteher zu. Stéphane ist da, mit seinen großen, sanften Augen und versauten Top, das bis zu den Brustwarzen ausgeschnitten ist. Ich knutsche mit ihm, und dann sage ich Wie geht's, Kleiner? Er sagt Nicht so gut, ich langweile mich etwas. Hier ist es Scheiße. Jahrestag vom „Tansfert". Nichts Schlimmeres als eine Fete in einem S/M-Laden. Kuchen wird auf kleinen Papierservietten herumgereicht. Niemand will ihn, aber die Typen, die näher an der Bar sind, zwingen sich dazu, um höflich zu sein. Der Barmann hat die Krise Wollt ihr keinen Kuchen, Herrschaften? Na, ich kann euch sagen, daß es draußen jede Menge Leute gibt, die ihn mögen.

Ich drehe hinten im Darkroom eine Runde, ich sauge ein wenig den Skin, der nackt am Pißbecken herumlungert, aber er will eigentlich, daß ich auf ihn pisse, und ich habe dazu keine Lust. Ich verziehe mich. Ich lasse mich etwas küssen und mir von zwei anderen Typen die Titten bearbeiten. Ich mache es ebenso. Der Typ mir gegenüber steckt mir zwei Finger in den Arsch. Ich ziehe meine Hose wieder hoch. Ich drehe mich um. Vor mir steht ein Typ, den ich kenne, aber wir hatten nichts miteinander. Er geht dauernd aus, aber er fickt nicht oft, glaube ich. Er schaut auf meinen Schwanz, ich wichse ihn etwas vor ihm, um mich zu amüsieren. Danach rede ich mit einem kleinen Skin, der wie eine Maus aussieht. Er ist megasüß. Ich sage zu ihm Bei dir hätte ich Lust, gemein zu werden. Er sagt hoffnungsvoll Oh ja? Aber ich bin nicht besonders überzeugt, ich finde ihn nicht verschlampt genug. Er merkt es auch, und wir lassen es. Ich treffe Stéphane an der Bar wieder. Wir kippen uns Champagner hinter die Binde. Die Stimmung wird langsam heavy. Wir beschließen, abzuhauen.

Im Auto bin ich genervt. Stéphane sagt mir fünf oder

sechs Mal, daß er Lust auf Sex hat. Ich antworte nicht. Zu Hause ziehen wir uns aus, Konfetti fällt auf den Teppichboden um das Bett herum. Ich sage zu Stéphane Wenn du dich ficken lassen willst, kann ich das tun. Er scheint mir nicht zu glauben. Ich frage Ist dein Arsch sauber? Er sagt Ja. Ich hole einen Olla-Präser, da wir das große Manix-Gummi nicht mehr haben, aber den Olla mag ich, das waren die, die wir zu Quentins Zeit benutzten. Sie sind ziemlich dick, aber sehr geschmeidig und weich. Ich zerre ihn zuerst aufs Klo, vor dem Pißbecken stehend, ich drücke seinen Kopf hinein und ficke ihn. Dann ziehe ich ihn in das Zimmer zurück, und dann ficke ich ihn auf dem Bett, zuerst von vorn, dann von hinten. Das geht lange, und es ist echt nicht schlecht, ich schiebe ihn rein und raus, sein Arsch macht laut flutsch, flutsch, flutsch, er röchelt, zusammengekauert unter mir liegend. Ich werde langsam schlaff, weil er zu groß ist. Ich mache noch einen Augenblick weiter. Und dann müssen wir Schluß machen, weil ich zu schlaff geworden bin. Wir gehen uns die Hände waschen. Ich schlage ihm vor, daß er mich ficken soll. Er sagt, daß er Lust auf Pissen hat. Ich steige in die Wanne, und er pißt auf mich, und danach wasche ich ich mich nicht, und wir gehen auf das Bett zurück, das Laken ist sowieso schon ziemlich schmuddelig. Der Fick ist super. Tief. Lang. Ich lasse mich durchficken wie noch nie. Ich finde, daß er immer profimäßiger wird. Und dann wird uns klar, daß wir zu drüber sind, um jetzt abzuspritzen. Ich suche meine Uhr. Es ist zehn Uhr, wir haben also vier Stunden gefickt. Aber wir machen nicht schlapp, er kaut an meinen Eiern herum, ich spritze ab, und dann biete ich ihm an, ihm seinen Arsch mit der linken Hand zu bearbeiten, weil die rechte voller Sperma ist. Er kommt gewaltig. Wir schmusen. Ich drehe einen letzten Joint. Er schläft ein. Ich rauche die Hälfte, und dann merke ich, wie ich das Bewußtsein verliere, deshalb lege ich den Joint hin und schlafe dann ein.

Beim Aufwachen ist mir von dem Hasen von gestern schlecht. Wir gucken TV. Ich versuche mich zurückzuhalten, und schließlich rufe ich doch gegen sieben Uhr Serge an. Anrufbeantworter. Ich spreche, falls er abhört. Er nimmt ab.

Ja?
Hallo, ich bin's, Guillaume.
Hi, wie geht's?
Nicht besonders.
Ah... Ich habe Leute hier. Meine Mama ist da.
Na gut.
War's gestern abend gut? Ich denke nach.
Es war enttäuschend. Das heißt, weil ich nicht wußte, daß du nicht kommen würdest.
Ich wußte selbst nicht, daß ich nicht kommen würde.
Schweigen.
Gut, fange ich wieder an, du hast Besuch, und ich habe auch nicht viel zu sagen. Jetzt liegt's an dir.
Ich rufe dich an.
Okay.

Ich hänge auf. Dieser Typ widert mich an. Ich sage zu Stéphane Ist dir klar, daß er mich versetzt, und daß ich ihn dann anrufe? Aber das ist andererseits auch wieder gut. Beeindruckt zu sein. Es zu zeigen. Wie eine Schlampe. Aber nicht zu sehr. Mit dem Es war enttäuschend war ich zufrieden. Ich hoffte, daß er verstand, daß ich gleichzeitig sagen wollte, daß er enttäuschend war, und daß ich enttäuscht worden war. Ich wollte, daß er etwas Angst hat. Gleichzeitig wollte ich ihn immer noch haben. Seine ultraweiche Haut. Seine perfekten Muskeln, nicht zu viel und nicht zu wenig. Schön.

3

EXZESS

AN diesem Wochenende ist die Cousine meiner Freundin M. gestorben. Sie hatte bei einem Unfall im letzten Jahr Verbrennungen dritten Grades erlitten. Jojo, der Typ, der meiner Mutter bei der Gartenarbeit behilflich war, hat sich eine Kugel in den Kopf gejagt. Terrier macht nach einem Selbstmordversuch eine Erholungskur auf dem Land. Alles ist in Ordnung.

Donnerstagabend ging ich allein aus. Stéphane schlief, erschöpft von der Doppelbelastung der Arbeit und des Rhythmuses, den ich ihm aufzwinge. Ich selbst war superwach und fit, weil ich erst nachmittags aufgestanden war. Ich habe vor dem Ausgehen nichts genommen. Ich ging ins „QG“. Niemand da. Dann zu einer halbleeren Groove-Party bei mir in der Nähe. Danach war es an der Zeit, ins „Queen“ zu gehen. Nur für Typen heute abend. Sagen wir etwas mackerhafter als sonst. Ich kenne die Leute. Ich tanze. Ich plaudere. Ein Alter, ein großer schwarzer 45jähriger Amerikaner, sagt zu mir, daß er aus den

Staaten mitgebrachtes Koks hat. Ich sage mir, daß das möglicherweise gutes ist. Ich frage, ob ich es probieren kann. Er sagt, daß man dann zu ihm muß. Ich nehme schließlich ein Taxi in die Avenue de la Grande Armé.

Vier andere Blacks, jünger und besser aussehend, spielen im Wohnzimmer Karten. Er führt mich direkt in sein Zimmer, der alte Schlaumeier, damit ich sie mir nicht genehmige. Okay. Wir nehmen viel zu viel Koks auf einer Ecke seiner Visitenkarte. Normalerweise dreht Koks auf, aber wenn man echt viel nimmt, sagen wir, mehr als ein halbes Gramm in kurzer Zeit, dann dämpft es eher, so etwa wie Heroin, ist aber weniger gefährlich. Das ist mir egal, ich bin deswegen hier, und außerdem ist der alte Knacker immer mehr drüber, und das paßt mir, da ich eigentlich keine Lust habe, mit ihm zu ficken. Ich drehe einen Joint mit dem Rest Dope, das ich für den Fall mitgenommen hatte. Wir rauchen. Wir trinken ein Bier. Wir nehmen nochmals Koks. I want some head and I want some tail, sagt er. Ich sauge ziemlich lange an seinen dicken schwarzen, halbsteifen Schwanz. Er ist total stoned, wie ich auch. Eigentlich ist es cool, so zu ficken, einfach total breit. Eine Weile saugt er auch mich. Ich lasse mich gehen. Ich blase ihm nochmal einen. Ich möchte nochmal Koks nehmen. Wir ziehen noch was hoch. Er leckt mir den Arsch aus. Und dann sagt er, daß er mich ficken will. Das heißt natürlich ohne Gummi, in Anbetracht der Umstände und seiner Halberektion. Ich sage mir, daß es selbst ohne nicht allzu riskant ist, jedenfalls wird er nie abspritzen können. Are you hiv positive? frage ich, die Beine in der Luft. Der Bär Baloo antwortet Yeah. Es fällt ihm tierisch schwer, seinen Schwanz reinzuschieben, aber schließlich gelingt es ihm. Er fickt mich trotzdem kurz. Ich sage mir, daß er früher mal ein sehr guter

Fick gewesen sein muß. Wir hören auf, weil er zu schlaff wird. Ich frage ihn nach einem Bier. Während er draußen ist, klaue ich einen schwarzen gebrauchten Jockstrap von „Gazelle New York", der am Boden herumliegt.

Ich kam um sechs Uhr nach Hause, nachdem ich noch im „Transfert" vorbeischaute, wo niemand mehr war. Ich fing an, mir im Bad etwas in den Arsch zu schieben, indem ich mich auf meinen Maxi-Butt-plug setzte, der dreißig Zentimeter lang und dreißig Zentimeter Basisdurchmesser hat. Ich wußte, daß ich ihn nicht ganz reinschieben könnte, außerdem kenne ich nur einen Typen, der das schafft, und ich war einfach nur faul, und das ist das einzig große Teil in meiner Sammlung, das von selbst steht. Es ging nur halbwegs, weil es nach kurzer Zeit am Steißbein weh tut, aber ich machte mit meinem Arsch doch ziemlichen Lärm. Ich hörte, wie Stéphane sich im Nebenzimmer bewegte. Ich sagte Schläfst du? Er antwortete Nein. Ich wichste weiter. Er kam dann ins Bad. Er wirkte niedergeschlagen, als er sah, was ich tat. Ich sagte Wie geht's? Er machte mit dem Kopf Gut. Ich sagte Würde es dir was ausmachen, mir mit dem Dildo zu helfen, weil ich es selbst nicht schaffe. Er sagte Nein. Ich sagte Gut, also auf geht's. Ich habe ein Handtuch genommen, die Utensilien ausgewählt. Ich habe keinen Joint gedreht, um es nicht zu übertreiben. Ich beschloß, richtig dick loszulegen. Drüber wie ich war und mit einem guten Hit Poppers drin wußte ich, daß es gehen würde, deshalb nahm ich den Abdruck des Schwanzes von Kris Lord (25x18) und dann das doppelte Riesenteil aus San Francisco, der dicker als ein Arm ist. Das war super. Er hat mich zuerst mit dem Lord supergeil gefickt. Danach bat ich ihn, wieder zu wechseln. Nicht nur, daß das Monster ohne Probleme in mich reinfuhr, aber ich konnte mich auch gute zehn Minuten von ihm durchfegen lassen. Ich sagte, daß ich kommen würde. Er zog ihn raus. Durch meine wilden Zuckungen spritze ich auf meinen ganzen Körper ab. Da es sieben Uhr morgens war, ging Stéphane arbeiten. Ich ging schlafen.

4

EIN BISSCHEN SANFTHEIT

AM Freitag ging ich tagsüber mit M. arbeiten, die ihren drei Monate alten Cousin bei sich hatte, den Sohn der Toten. Ich nahm ihn in die Arme. Ich bemerkte, als er zutraulicher wurde, daß er mich ansah wie Stéphane mich ansieht. Das gefiel mir. Danach bin ich an den Seinequais nach Hause gegangen. Danach fickte ich Stéphane. Es war das erste Mal, daß ich ihn nach einer Woche Enthaltsamkeit wieder fickte. Ich hatte einen Superknüppel. Ich schob ihm einen und dann zwei Finger rein, und dann war ich mit dem ersten Stoß soweit eingedrungen, daß meine Eichel hinter dem zweiten Schließmuskel war. Wie mit Terrier, aber besser, weil ich in neun Monaten einige Fortschritte gemacht habe. Es war echt super.

Danach gingen wir essen, und später gingen wir ins „Queen". Wir kamen gegen drei Uhr dort an, ein bißchen zu früh, um hineinzukommen, ohne in einer Schlange zu stehen, aber Sabrine am Eingang mag mich. Deshalb benehme ich mich ganz cool, aber es gibt trotzdem ein Durcheinander, zu viele Leute, Typen haben sich rauswerfen lassen, die Rausschmeißer halten mich fest. Man hat Ihnen nicht gesagt, daß Sie hinein können, Monsieur, also bleiben sie hier. Gut, mir egal, ich weiß, es wird klappen. Und Sandrine macht Okay, das Okay, das außerdem heißt, daß wir ohne zu bezahlen an den Landeiern vorbei hineingehen können, und dann gehen wir hinunter. Es ist rammelvoll, an der Bar ist eine Schlange, eine Schlange vor den Klos, jede Menge Leute, die Musik ist ausgezeichnet, ich habe fast die ganze Zeit Lust zu tanzen. Ich bin einfach etwas erstaunt, nicht bedröhnt zu sein und das zu tun, was ich tue.

Sonntagabend. Terrier erzählt mir am Telefon, daß ihm seine Apothekerin sein Hammerantidepressivum jetzt ohne Rezept gibt. Und daß er außerdem einen megasüßen Iraner, der direkt neben mir wohnt, aufgerissen hat, der ihn, in dieser Reihenfolge, gefistet (es war das erste Mal in seinem Leben), ihm einen Dildo eingeführt und dann gefickt hat. Zum Abschluß hat der Typ einfach auf ihn gepißt. Ich sage zu ihm Ich schätze, du solltest mir seine Telefonnummer geben. Er antwortet, daß er nicht danach gefragt hat. Ich sage zu ihm, daß das typisch für ihn ist. Er sagt mir Nein, siehst du, um sieben Uhr morgens waren wir so von Bier und Haschisch drüber, der Typ schlug mir vor, bei ihm zu schlafen, aber ich wollte lieber nach Hause. Ich frage Und du hast ihn nicht nach seiner Telefonnummer gefragt? Er sagt Nein, ich habe ihn nicht nach seiner Telefonnummer gefragt, weil er sie mir ungefragt zugesteckt hat, aber ich habe sie auf dem Nachhauseweg weggeworfen. Ich sage Das ist doch nicht wahr. Er sagt Doch. Ich sage Du bist echt bescheuert. Er sagt Nein, ich bin nicht bescheuert, ich habe sie weggeworfen, weil er mir nicht genug gefiel, das ist alles. Aus Prinzip diskutieren wir dennoch über die Frage, ob er mir die Telefonnummer hätte geben sollen, wenn er sie gehabt hätte.

Zur Zeit ist Terrier fit. Er hat mit dem Fluctin aufgehört und nimmt kein Antidepressivum mehr, weil er sonst zittert. Er geht jeden Abend aus. Ich sage zu ihm, ich finde, daß man mutig sein muß, um allein ins Nachtleben zu gehen, um irgend etwas mit irgendjemandem zu treiben. Er erzählt mir, daß er bald nach Dieppe muß, um seinen 40jährigen Lover zu besuchen, der ein Schloß hat. Heute hat ihn der Typ gebeten, Reisen auf die Antillen auszuchecken, fünfzehn Tage im Oktober. Der Typ hat ihn bis jetzt noch nicht gefickt, er hat ihm einen Dildo reingeschoben. Das war gut, wie's scheint. Er hat die richtigen Toys: Klammern, Latexchaps, Lederslips. Terrier sagt Na ja, aber ich finde ihn zu feminin, und das mag ich nicht, ich brauche etwas Kernigeres.

Wir reden noch ein wenig, und dann sage ich mir, daß Stéphane es vielleicht stinkt, mitanzuhören, wie ich mich mit seinem Vorgänger amüsiere, also fasse ich mich kurz. Mit Terrier und mir läuft es im Augenblick gut. Er hat sich an den Gedanken gewöhnt, daß wir nicht mehr zusammen wohnen. Er schüttet kein Terpentin mehr auf meiner Fußmatte aus, er zerschneidet sich nicht mehr mit dem Rasiermesser die Fresse (aber tatsächlich hatte er das so behutsam gemacht, daß es einfache Schnittwunden waren, die nach fünf Tagen verheilt waren). Jetzt ist es okay. Wir können wieder tagsüber an Touristenführungen durch Paris teilnehmen. Ich ziehe es allerding vor, ihn im Sexshop keine Fickfilme mehr aussuchen zu lassen, den Grund hätte ich schon das erste Mal erkennen sollen. Tatsächlich wußte ich, daß ich das nicht hätte tun sollen. Aber es erregte mich, ihn etwas zu quälen.

Ich gehe zu Stéphane ins Bett. Er schmust in meinen Armen. Ich sage zu ihm Du bist wie ein Croisssant. Er sagt zu mir Natur oder Butter? Ich sage zu ihm Butter. Er sagt zu mir Aber ich bin auch etwas gewöhnlich. Ich sage zu ihm Das stimmt, aber du bist intelligent. Damit hat es sich erledigt.

Es ist Mitternacht. Stéphane schläft. Morgen ist Montag, und er steht wie immer früh auf. Ich sehe ihn an. Ich finde ihn heute abend superschön. Er hat letzte Nacht nicht viel geschlafen. Nach dem „Queen" sind wir ins „Transfert" gewechselt, und wir haben einen sehr schönen braunhaarigen, gut bestückten Typen mit nach Hause genommen, weshalb wir erst um acht Uhr schlafen gingen. Er ist um elf Uhr aufgestanden, um bei seiner Freundin H. zu frühstücken. Da er sie seit einem Jahr nicht gesehen hat, wollte er nicht absagen. Er kam etwa um fünf Uhr zurück. Er sagte zu mir, daß sie fände, er hätte sich zum besseren verändert. Daß sie gefragt hätte, wie es mit mir so liefe. Daß er ihr gesagt hätte Er führt mich an den Rand des Abgrunds, dann heben wir mit dem Drachenflieger ab. Er sagt, daß H. ihm gesagt hätte, daß ich ein guter Typ sein muß. Ich zuckte zusammen. Ich habe nichts gesagt.

Ich wälze mich im Bett hin und her, ohne schlafen zu können, und denke an Serge. Als ob er den Platz von Quentin eingenommen hätte. Ich habe Lust, ihn nochmals anzurufen. Um ihm zu sagen Ich will deine Fresse haben. Ich will deine Haut haben. Damit ihm das etwas bedeutet. Damit er sagt, ich solle kommen. Ich würde mit der Fernbedienung auf dem Bett thronen, vor mir der riesige Fernseher. Wir würden einander suchen. Die Dämonen.

5

PROBLEME

STÉPHANE kommt von seinem Freund zurück, der Augenarzt ist. Die schwarzen Sterne, die er seit zwei Wochen vor seinen Augen sieht, sind eine Ablösung der Netzhaut. Es besteht das Risiko, daß er ein Auge verliert. Es muß schnell operiert werden. Ich denke Das ist normal, er will nicht sehen, was mit mir los ist. Er geht am nächsten Tag ins Krankenhaus, er kommt nach der Arbeit vorbei, um einige Sachen abzuholen. Ich liege bedröhnt im Bett. Ich sage Willst du, daß ich dich begleite? Er sagt Nein, das lohnt sich nicht. Also begleite ich ihn nicht. Ich mache mir etwas zu essen. Und dann gehe ich um zehn Uhr aus, abwechslungshalber ins „Bar". Ich nehme einen Typen mit, ein kleiner Bourgeois, der total doof und unsexy, aber wirklich sehr schön ist. Wie vorgesehen ficke ich ihn. Wie vorgesehen ist es bedeutungslos. Am nächsten Tag ruft Terrier gegen Mittag an. Ich erzähle ihm, was los ist. Er sagt, daß er mich sehen will. Ich sage Okay, da Stéphane nicht da ist. Ich schlafe nie auswärts, das ist die Regel. Ansonsten habe ich das Recht zu machen, was ich will. Also ist das schon im Ordnung. Er ist pünktlich, ich habe ihm den Vorschlag gemacht, ihn in ein Restaurant einzuladen, aber später am Nachmittag änderte ich meine Meinung, und ohne ihm etwas zu sagen bin ich zu „Dubernet“ gegangen, um Essen einzukaufen, ich habe eine Rebhuhnpastete genommen und eine Gänseleberbrioche, dazu habe ich einen kleinen Salat gemacht. Wir trinken einen Bourgogne. Nach dem Kaffee fange ich ernsthaft an, Lust auf Sex zu haben. Ich lehne mich an den Wandschrank in der Küche, mit vorgestrecktem Becken, so daß ihm wegen meines halbsteifen Schwanzes in meiner alten 501 das Wasser im Mund zusammenläuft. Er stellt sich etwas an, aber schließlich bringe ich ihn dazu, daß er mich dort auf allen vieren saugt, und das ist wirklich gut, er verliert gänzlich das Bewußtsein, es dauert lange, so wie ich es liebe, er sabbert so sehr, daß es über meine Eier und sein Kinn läuft, ich bücke mich, um ihn zu küssen, ich fühle, daß ihn das ganz verrückt macht, ich löse mich, ich führe ihn ins Badezimmer, damit er sich den Arsch auswäscht, und dann gehen wir ins Zimmer, und ich ficke ihn langsam und ganz tief, ich schieb ihn rein und raus und stopfe sein Loch richtig voll, er schnauft wie ein Seehund, der Grimassen schneidet; zur Zeit trägt er ein Ziegenbärtchen, und der steht ihm sehr gut, weil er wirklich einen sehr schönen Mund hat, er ist unter mir vollkommen zusammengeklappt, das ist einfach viel besser als mit Stéphane, aber im Augenblick ist mir das egal, ich schaue ihm direkt in die Augen, während ich ihn immer wilder mache, und schließlich spritzt er in hohem Bogen ab, während er die Augen schließt und schreit, ohne sich zu berühren, und ich ziehe meinen Schwanz heraus und spritze auf ihn ab.

Am nächsten Tag, dem Tag der Operation, habe ich wahnsinnig viel zu tun, und ich kann deshalb Stéphane nicht besuchen. Ich rufe ihn an, nachdem er aufgewacht ist, um ihm zu sagen, daß ich am nächsten Tag kommen werde. Ich denke an die Operation von Quentin im Dezember. Danach hat er sehr schnell wieder angefangen zu ficken. Er setzte sich mit einer Hand an den Computer. Er fickte und ließ sich mit einem Dildo auf dem Rücken liegend bearbeiten, um in den ersten Tagen nicht den Oberkörper zu sehr zu beanspruchen. Jeden Tag legte ich ihm wieder so eine Art Zwangsjacke für Kranke an. Ich gab ihm zu essen. Ich zog ihn an. Ich wusch ihn. Das war cool. Wir haben während dieser Zeit ziemlich viel gevögelt. Sobald er mich nicht mehr brauchte, haben wir uns wieder getrennt.

Am folgenden Tag habe ich noch tausend Sachen zu erledigen. Ich habe mich total verspätet, aber ich kann nicht anrufen, da ich mich schuldig fühle. Ich komme um sieben Uhr dreißig im Krankenhaus an, und dabei muß ich noch mit meinem Vater um halb neun zu Abend essen. Es ist quasi acht Uhr, bis ich das richtige Gebäude, dann das Zimmer, dessen Nummer ich vergessen habe, gefunden haben, und es ist niemand mehr da, der mir Auskunft geben könnte. Stéphane schläft. Ich schaue ihn einen Augenblick an. Er wacht auf. Wir reden. Ich streichle seine Hand. Es erstaunt mich, daß Blumen im Zimmer sind, normalerweise ist das wegen Infektionsrisiken verboten. Sein Ex, der ihn früher am Tag besuchen kam, brachte sie mit. Ich selbst habe ihm etwas zu essen mitgebracht, Gänseleberpastete, Kekse und Schokolade, das Essen ist im Krankenhaus immer so fade. Ich erzähle ihm, was ich während meines eigenen Krankenhausaufenthaltes vor einem Jahr dachte. Ich erzähle ihm, daß ich Terrier getroffen habe, und daß ich nicht umhin konnte, ihn zu ficken. Stéphane sagt, daß ihn das nicht überrascht. Er fragt mich, was es von Terrier Neues gibt. Das Auge, das nicht von einem blutigen Verband bedeckt ist, sieht mich traurig an, als er mir sagt, daß er gedacht hätte, ich würde überhaupt nicht kommen.

Einige Tage später ruft Terrier nachmittags um drei Uhr an. Er fragt mich Weißt du zufällig, wie spät es ist? Mit furchtbar heiserer Stimme. Ich sage Warum? Hast du keine Uhr? Nein, sie ist mir kaputtgegangen. Ich sage Es ist drei Uhr. Er sagt Ah okay, und was ist heute für ein Tag? Ich sage Freitag, warum? Er sagt Na ja, ich wollte nur wissen, ob ich drei oder vier Tage geschlafen habe. Ich sage Nicht schlecht! Und wie hast du das geschafft? Ganz einfach. Nachdem er die Apotheken abgeklappert hat, wo man ihm nichts gab, schnitt er sich die Handgelenke auf, stillte das Blut und nahm Schlaftabletten. Ich sage Und wie fühlst du dich? Er sagt Es geht, aber ich habe etwas Hunger. Ich sage Ich gehe einkaufen und komme vorbei. Ich gehe aus dem Haus und in den Supermarkt bei ihm, ich kaufe Coca, Bio-Apfelsaft, Käse, Wurst, Spinat im Glas, Kondensmilch, geraspelte Karotten, Landbrot, Endivien, geräucherten Lachs, Butter, Joghurts, Büchsen mit Babynahrung (Lamm-Gemüse und Apfel-Banane, es gibt keine Apfel-Quitte), außerdem eine Zeitung, damit er liest.

Ich treffe ein, er öffnet, ganz in Weiß mit dem Jogginganzug, den ich ihm geschenkt habe. Bei mir lag er richtig provozierend eng an, bei ihm nicht so sehr, aber er ist immer noch so schön. Ich esse etwas Sellerieremoulade, dann Wurst, und ich bestehe darauf, daß er eine Kleinigkeit zu sich nimmt. Ich lasse ihn das Bett aufschlagen, wir machen eine kleine Siesta, er zeigt mir Hochzeitsfotos von seinen Eltern und Großeltern, ich gebe meine Meinung dazu ab. Wir plaudern, wir geben uns Küßchen, wir zanken uns, er sagt mir, daß er während seines Aufenthaltes auf dem

Land es mit Frédéric getrieben hat, ein Freund meiner Mutter, und ich erfahre also, daß Frédéric einen sehr schönen Schwanz hat, zwanzig Zentimeter und dick. Er hat ihn gesaugt, und dann sagte er Hören wir auf, wir haben keine Gummis. Aber tatsächlich will er es eigentlich mit dem Freund von Frédéric treiben und ebenso mit dem Typen von Frédérics Freund. Terrier ist genauso eine Schlampe wie ich. Ach ja, ich habe ihm auch den Topf selbstgemachte Reneklodenmarmelade mitgebracht, die ich ihm schon seit einem Monat vorbeibringen wollte, ein Topf voller Früchte, die so groß sind wie Steinpilze, mit einem roten Deckel darauf. Ich scheiße ihn wegen seines Selbstmordversuches an. Er sagt zu mir Was willst du, du besuchst mich nie, du beantwortest meine Nachrichten nicht. Ich interessiere dich nur, wenn es mir schlecht geht. Ein wenig später sagt er zu mir Es hat mich sehr gerührt, daß du meine Marmelade nicht gegessen oder daß du sie nicht jemand anderem geschenkt hast. Ich sagte ihm, daß sie für ihn war. Schließlich gehen wir aus dem Haus, um Zigaretten zu kaufen, er begleitet mich zur Métrostation.

6

ZERSTREUUNGEN

ICH wache um vier Uhr nachmittags auf, nachdem ich um sieben Uhr morgens eingeschlafen bin, nachdem ich mit einer Dumpfbacke gefickt hatte, die ich im „QG“ abschleppte, weil es der erste annehmbare Typ war. Der Abend war furchtbar, ich hatte überhaupt keinen Erfolg, ich sagte mir vergeblich Das spielt keine Rolle, es sind zu viele schöne Typen hier heute abend, das friert die Stimmung ein, ich fühlte mich wie Scheiße, als ob ich nicht existierte. Ein Kerl, den ich kannte, der bereits Stéphane und mich angebaggert hatte, war da. Ich befingerte seinen Arsch durch seine Lederhose, ich hatte zu ihm gesagt Ich kann ihn nicht gut fühlen. Er hakte seinen Gürtel auf, damit ich ihn besser fühlen konnte, ich schob meine Hand hinein, legte meinen Zeigefinger auf seinen gut durchgefickten Arsch, ich streichelte sein Loch, er hatte die Hose heruntergelassen, ich schob meinen Finger mitten in der Bar in seinen Arsch, er roch gelassen an Poppers, ich kriegte dadurch einen Steifen. Ich legte seine Hand auf meine Beule. Schlug vor, zu mir zu gehen. Keine Antwort. Er ging in den Darkroom hinunter. Ich war richtig wütend, daß er nicht auf mich stand. Ich war ihm gefolgt, sah, wie er ein Kondom aufmachte, um dann einen Typen in einer Ecke zu ficken. Ich war stehengeblieben, um mir das mit einem konzentrierten Gesichtsausdruck anzusehen. Normalerweise lasse ich mich in Darkrooms nicht anmachen, weil es mich nicht sehr interessiert. Meistens bringen mir diese Art Fummeleien nichts. Wenn's hochkommt, ein schneller Arschfick im Stehen. Aber jetzt schaute ich ihn intensiv an und hoffte, daß er verlegen werden würde. Da fing der Typ neben mir an, mich zu betatschen. Ich tat es bei ihm auch. Wir haben weitergemacht. Mein Feind hörte auf, zu ficken. Das hat mir gefallen, ich sagte mir, daß ich ihn abgelenkt hätte, ich fühlte mich etwas gerächt.

Blöderweise machte ich mit dem anderen weiter. Und in dem Augenblick, als er sich zur Wand drehte und sich schneller wichste, war ich so deprimiert, daß ich sagte Können wir es nicht bei mir zu Ende bringen? Er fragte Wo wohnst du? Ganz in der Nähe antwortete ich. Als ich ihn mitnahm, wußte ich, daß das nichts werden würde, aber ich hatte nicht den Mut, allein nach Hause zu gehen. Als wir dann bei mir waren, haben wir natürlich gefickt. Als ich die Hand fast in seinem Arsch hatte, sagte er Oh, ja, das ist gut, deine Hand in meinem Arsch, oh, ja, das gefällt mir, fast so, als ob er einen Pornofilm synchronisieren würde. Ich sah auf seinen Schwanz. Er war nicht steif. Das hat mich angeekelt. Und dann wollte er mich auch noch wiedersehen.

Ich wachte wahnsinnig benebelt auf. Ich ging fast im nächsten Augenblick online. Es gab nichts, außer einem Typen, mit dem ich bereits einige Male gechattet hatte, er baggerte mich wieder mit XTC und Weiberunterwäsche an. Ich wußte, daß er doof war, Quentin hatte mir das gesagt, er hatte es letztes Jahr mit ihm getrieben, aber jedenfalls gab es nichts anderes, und ich fühlte mich nicht fit genug, um auszugehen, um mir etwas Besseres zu suchen, also sagte ich Okay. Nachdem er mich zurückgerufen hatte, um einen Dreier mit einem jungen Typen vorzuschlagen, den er kannte, siebenundzwanzig, toll, aktiv-passiv. Natürlich sagte ich Okay.

Sie kamen am späten Nachmittag vorbei. Der junge Typ war gut. Der, den ich kannte, war wie vorhergesehen doof. Total daneben, es war offensichtlich an diesem Tag seine zweite oder dritte XTC, außerdem waren schlechte Drogen sein Ding, er verkaufte es mir für das Doppelte des gängigen Preises, er war also auch noch ein billiger Drogendealer. Er wurde nicht steif. Deshalb trieben Eric und ich es miteinander. Dann ging das alte Arschloch weg. Das war cool. Es war noch früh. Wir hatten viel Zeit, bis Stéphane nach Hause kam, er würde nach einem Treffen spät zurückkommen. Ich fand, das es mir gut tat, mit einem schönen Kerl in meinem Alter zu ficken. Ich zog ihm meine Lederchaps an. Dadurch kriegte er einen riesengroßen Arsch. Immer wenn er sich umdrehte, war ich total darauf fixiert, er war dermaßen schwer, gewölbt, weiß, rund. Wie die Brüste einer Mamma.

Er konnte nichts anderes als saugen, pissen und fisten. Aber da muß man sagen, daß er das gut konnte, die Augen geöffnet, während er hinguckte und steif wurde. Zuerst saugte ich seinen Schwanz. Danach wollte er meinen Arsch bearbeiten. Er tat es sehr gründlich, ich hatte einen Steifen, ohne mich zu berühren, er schob mir die Hand bis hinter das Handgelenk in den Arsch hinein, ich überprüfte anhand eines Spiegels die Tiefe. Ich fühlte, daß es mir kam. Ich sagte zu ihm, er solle sie schnell herausziehen. Ich spritzte ab. Er sagte Ich bin sehr bewegt. Ich fragte Warum? Er sagte Weil ich die ganze Zeit über einen Steifen hatte, während ich dich gefistet habe. Ich sagte Das ist normal, das kommt daher, daß du es gekonnt gemacht hast, wenn ich meinem Ex gekonnt einen Dildo hochschob, wurde ich wie ein Verrückter. Ich drehte noch einen Joint. Danach habe ich ihn bearbeitet. Ich habe seinen Schwanz ausgepeitscht, während ich ihn mit einer Hand festhielt, kleine, präzise Hiebe, die immer härter wurden, zuerst von oben, dann von beiden Seiten, dann sanfter auf die Eier, dann wieder auf den Schwanz. Er wurde steinhart. Ich ließ ihn an meinen Schwanz lutschen, er war ein Superschwanzlutscher. Ich hatte eine schweren, geschmeidigen, vollen Kolben, wie immer, wenn man es bereits seit ein oder zwei Stunden getrieben hat. Wir haben weitergemacht.

Er hat seine Poppers bei mir vergessen. Er rief mich am nächsten Tag an, um es mir zu sagen. Ich sagte ihm, daß es mit ihm klasse gewesen war. Er sagte Mit dir ist alles klasse. Da habe ich mich schief gelacht. Wenn ich darüber nachdenke, hätte ich ihm sagen können, das es nur eine Frage der Statistik ist. Er sagte mir, daß er nicht viel gefickt hatte. In meiner Welt heißt viel ficken mehr als drei Typen pro Woche. Das mache ich gerade zur Zeit. Quentin hat das häufig gemacht, bevor er mich kennenlernte. Danach übrigens auch. Zu der Zeit hatte er für jede Nacht einen Festen, wobei das Wochenende für Neuigkeiten offenblieb. Mit Festen ist ein Fick immer besser. Das Problem ist, daß man sich um die Beziehungen kümmern muß. Aber Quentin ist etwas schizophren, also ist ihm das egal. Wenn niemand richtig existiert, gibt es Platz für alle. Ich frage mich, ob ich so bin wie er. Ich glaube nicht, aber ich bin mir nicht sicher.

7

ES GEHT WIEDER LOS

AM nächsten Tag ist es Montag. Mit Stéphane gehe ich abends ins „Diable des Lombards“ essen. Ich liebe diesen Ort. Das ist das Ritz des schwulen Ghettos. Außerdem laufen mir, jetzt, da ich alt bin, immer Bekannte über den Weg. Heute abend ist es ein großer Typ im Model-Stil, aber nicht schlecht, dem wir vor drei Monaten im Restaurant unsere Nummer gegeben haben. Er hatte nach einer Woche eine Nachricht auf dem Anrufbeantworter hinterlassen, aber das war während der Urlaubszeit, wir sprachen ihm aufs Band, daß wir verreisen würden. Bei der Rückkehr hatten wir ihn nicht angerufen, das war alles etwas zu uninteressant geworden. Ich mache ihn im Vorbeigehen an, als wir gehen. Mal sehen. Wir nehmen noch einen letzten Drink im „QG“. Wir treffen einen Kumpel, mit dem ich bereits zwei- oder dreimal ziemlich heiße Nummern geschoben habe, ich nenne ihn den Doc, weil er Arzt ist. Wir nehmen ihn nach Hause mit. Wir ficken bereits etwa eine Stunde, Stéphane, der Doc und ich, als es läutet. Scheiße, sage ich mir.

Das kann nur Terrier sein. Wir hören auf. Nichts mehr. Ich fange wieder an, Stéphane durchzuficken. Stéphane fängt wieder an, den Doc zu saugen. Der Doc fängt wieder an, die Titten von Stéphane zu bearbeiten. Da klingelt es erneut. Jetzt bin ich sicher, daß er es ist. Ich ziehe meinen Schwanz heraus. Ich lasse den Präser darauf, als ich zur Tür gehe, um ihm zu zeigen, daß es nicht geht, bei Leuten morgens um halb vier Uhr einzutrudeln. Aber das nützt überhaupt nichts, denn als ich aufmache, läßt er sich, total besoffen, in der Türöffnung fallen. Wieviel hast du getrunken? Eine Flasche Whisky. Ich gucke auf die verdreckte Auslegeware im Eingang. Er sagt Ich möchte schlafen. Ich sage Na gut, du gehst nach Hause und schläfst. Er sagt Ich möchte hier schlafen. Ich sage Du bist zum kotzen, du bist echt zum kotzen. Ich gehe weg. Die beiden anderen sind immer noch im Zimmer. Ich erzähle es ihnen. Sie beruhigen mich. Ich gehe wieder zu Terrier. Okay, du kannst im Gästezimmer schlafen. Da er sich nicht bewegen will, schleppe ich ihn in das Zimmer und mache die Tür zu.

Danach ist es unmöglich, mit dem Ficken wieder anzufangen, da er durch die Wohnung wandert, anstatt zu schlafen. Wir machen Witze Man müßte ihn an die Zentralheizung fesseln und vor ihm ficken, das wäre wenigstens spaßig. Und dann höre ich, wie die Tür des Wandschränkchens im Badezimmer zurückgeschoben wird. Ich suche sofort nach dem Röhrchen Lexomil, das ich vor kurzem gekauft habe. Das Röhrchen ist leer. Dieses kleine Miststück ist ganz klar zu mir gekommen, um sich umzubringen. Das ist der dritte getürkte Selbstmordversuch in zwei Wochen. Zumindest fand es das letzte Mal bei ihm statt. Ich packe ihn am Hals und zerre ihn wie ein Kätzchen zur Toilette. Nein, aber was machst du, Guillaume, so geht es nicht. Doch, doch, mir geht es sehr gut, aber du bist daneben. Aber als wir im Bad sind, weigert er sich zu kotzen, und ich bin sicher, daß er zubeißt, wenn ich ihm zwei Finger in den Hals stecke. Ich lasse ihn los. Ich lasse ihn einfach am Boden liegen. Die anderen sind immer noch im Zimmer. Ich weiß nicht, was ich machen soll, sage ich. Was hat er genommen? Eine Flasche Whisky und ein Röhrchen Lexomil. Na gut, das ist nicht tödlich, er wird einfach drei oder vier Tage schlafen. Aber ich möchte nicht, daß er vier Tage bei mir schläft, während ich weg bin, er hat das absichtlich gemacht, er weiß, daß ich morgen abhaue, ich habe es ihm heute am Telefon gesagt. Ich frage den Doc, was man normalerweise in solchen Situationen macht. Der Doc sagt, daß man normalerweise in solchen Situationen die Feuerwehr anruft, man hört auf, seine dreckige Wäsche unter Freunden zu waschen, wenn er beim Notarzt aufwacht, wird er verstehen, daß es ernst ist.

Ich rufe die Feuerwehr an. Ich bin völlig betrunken, wir haben zwei fette Joints geraucht, jede Menge Poppers genommen, ich habe Angst, daß man das hört. Hallo, guten Morgen, hier ist jemand, der einen Suizidversuch unternommen hat. Was hat der Betreffende zu sich genommen? Ein Röhrchen Lexomil und eine Flasche Whisky. Sie machen Schwierigkeiten, weil sie ihn nicht abholen wollen. Ich sage, daß ich keinen Wagen habe, ich kann ihn nicht ins Krankenhaus bringen. Okay, sie kommen. Wir ziehen ihn wieder an. Er wehrt sich, so gut er kann. Der Doc haut ab und wünscht uns alles Gute. Wir sehen wieder einigermaßen normal aus, als die Feuerwehrleute endlich kommen. Sie sehen nicht gerade so aus, als hätten sie Spaß daran, hier zu sein. Auf geht's, stehen Sie jetzt auf, nein nein, schlafen Sie hier nicht ein, los, ziehen Sie sich an. Schließlich gelingt es mir mit Stéphane, ihn anzuziehen. Die Stiefel sind nicht nötig.

Terrier ist auf jeden Fall ein organisierter Typ. In der Hülle seiner Umweltkarte hat er seinen Ausweis, die Karte von der Krankenversicherung, Geld. Uff. Sie bringen ihn in einem Stuhl hinunter. Ich folge ihnen. Bis gleich. In dem Auto neben der Krankenbahre sitzend, mache ich mich mit dem Gedanken fertig, daß sie denken müssen, daß wir eine Truppe dreckiger, verkommener Schwuchteln sind, und dann denke ich Na gut, sie sind diese Sachen wahrscheinlich mehr gewohnt als ich. Die Straßen ziehen in den Fenstern des Wagens vorbei.

Im Krankenhaus gibt es Clochards, die dort zu pennen versuchen und die man hinauswirft, und jede Menge Polizei. Ich bin immer noch total besoffen. Terrier wird ausgeladen. Krankenpfleger, Krankenpflegerinnen. Sie bringen ihn auf der Krankenbahre weg. Bei der Aufnahme gibt sich eine gestandene Braunhaarige vorwurfsvoll, damit ich „meinen Freund“ registrieren lasse. Ich gehe durch das verschlafene Krankenhaus. In der Anmeldung sind lauter kleine Kammern. Der schwarze Mann ist nett. Ich frage ihn, wieviele es durchschnittlich am Abend gibt. Er sagt Oh, dieses Unglück gibt es oft.

Ich bin zur Notaufnahme zurückgegangen, um die Unterlagen abzugeben. Ich frage, was passieren würde. Die Krankenschwester sagte, daß man ihm den Magen auspumpen würde und daß ich warten solle. Also habe ich gewartet. Ich wußte, daß das Warten nichts nützte, aber ich konnte nicht weggehen. Ich hörte, wie Terrier ganz laut meinen Namen schrie. Man hörte einen lauten metallischen Lärm. Ein Pfleger ist herbeigeeilt. Ich ging zum Schalter. Ich fragte die Krankenschwester, ob es Probleme gäbe, aber sie hatte keine Zeit zu antworten, da die Aufsicht kam. Sie unterhielten sich leise. Dann wandte sich die Aufsicht an mich und sagte Sind Sie Guillaume? Ich wagte es nicht, zu lügen. Ich nickte mit dem Kopf. Sie sagte Er hat nach Ihnen verlangt. Er will sie sehen. Ich sagte Ich finde, daß das keine gute Idee ist. Ich wartete noch etwas, total paranoid wegen des Joints, dessen Wirkung immer noch nicht nachließ, außerdem kamen alle dreißig Minuten massenhaft Bullen mit mehr oder weniger blutigen Typen an. Terrier wurde in einem Rollwagen blasser als ein Laken an mir vorbeigefahren, endlich eingeschlafen, eine Perfusion im Arm. Man sagte mir, ich könne gegen Mittag anrufen, wenn er wieder wach wäre. Ich bin den Weg nach Hause zu Fuß gegangen. Ich zog mich im Gang aus, und dann ging ich in das Zimmer, und als ich mich aufs Bett setzte, wachte Stéphane auf, und ich erzählte ihm alles, und dann nahm ich ihn wie immer in die Arme, und wir sind eingeschlafen.

Ich sah Terrier einige Zeit danach wieder. Stéphane war bei seinen Eltern auf dem Land. Wie üblich versuchte ich mit ihm zu ficken. Er wollte nicht. Ich sagte zu Stéphane, daß ich fand, daß Terrier Recht hatte. Es tat ihm überhaupt nicht gut, mit mir zu ficken.

8

PARTY TIME

IN den letzten zwei Tagen habe ich Marmelade gemacht, und ich habe schließlich zugestimmt, mit Stéphane das Wochenende vom elften zu verbringen, weil wir eine Gruppe von Freunden waren und nach London fuhren.

Die Nachtmenschen sind die zivilisiertesten unter uns. Die schwierigsten. Jeder achtet mehr auf sein Verhalten als in einem aristokratischen Salon. Nachts sagt man nichts Offensichtliches. Man redet nicht vom Job, nicht von Büchern, nicht von Platten, nicht von Filmen. Man handelt nur. Das Wort ist Handlung. Die Augen sind auf der Lauer. Die Gestik ist mit Sinn erfüllt. Clubland. All over the planet. Heute nacht sind wir in London. Ich empfehle das „ff“ wegen des Dopes, das echt etwas für Kenner ist. Übrigens sind sie da. Die Crème de la crème der Nacht. Die Schönsten, die Schicksten, die Härtesten der Welt. Der Laden ist voll. Jeder nimmt eine halbe Ecstasy, die ich noch aus dem „Heaven“ hatte, aber das ist nicht genug, um die Musik zu ertragen. Zu hardcore. Ich mache mich auf, um etwas anderes zu finden, nachdem ich in einer Ecke an der Bar einen Joint gedreht und geraucht habe.

Look around: Pleasure Pleasure Pleasure Give yourself over to absolute pleasure (Opm, „Pleasure – Bubble mix“)

An einem Pfeiler in einer Ecke steht ein Typ, der sich über einen Löffel beugt, den ein anderer in der Hand hält. Ich stelle mich daneben, aber nicht zu nahe. Ich warte, bis sie fertig sind. Der, der sich die Nase gepudert hat, haut ab. Ich frage den anderen Do you sell anything? Er macht mit dem Kopf No. Do you know anyone who sells anything? Er sagt I'll be back in a minute. Er kommt fünf Minuten später mit einem großen Bodybuilder zurück, der ein Brustharness trägt. Der Bodybuilder nimmt mich ans andere Ende der Bar mit. Der Dealer ist groß und schwarz und sehr sexy. How much for an E? Fifteen. Das Ecstasy ist fünf Pfund teurer als im „Heaven“, aber hier ist es sicher besser. Aber ich habe nur zehn Pfund dabei, also kaufe ich zwei LSD. Stéphane und ich nehmen jeweils einen halben Trip. Ich gehe aber dennoch zu dem Dealer zurück, um zwei Ecstasys für später zu kaufen.

Nach einem zusätzlichen Joint gelingt es mir sogar, auf die Hardcore-Musik zu tanzen, trotzdem bin ich etwas frustriert, weil der Rhythmus zu einfach ist, um das zu tun, was ich gern mache. Außerdem tanzen alle Hardcore- Ledertypen schlecht bis auf wenige Ausnahmen, die dermaßen auf Speed sind, daß sie dem Rhythmus folgen können. Trotzdem tanze ich in der fast vollkommenen Dunkelheit am Ende des Ladens. Der Fußboden ist durchnäßt, es rutscht wie verrückt. Es ist so heiß, daß ich innerhalb einer Minute schweißüberströmt bin. Das ist cool, das wärmt mir den Schwanz an. Wegen des Dopes hatte ich ihn ein wenig vergessen. Nachdem ich aufhöre, weil ich außer Atem bin, chille ich am Rande der Tanzfläche aus. Ich weiß nicht, wo Stéphane ist. Jedenfalls tanzt er nicht, auch das ist einer seiner Komplexe.

Langsam bin ich genervt. Ich bedanke mich bei dem Typen, der mir den Tip gegeben hat, man weiß ja nie, aber auch aus Prinzip. Er steht immer noch am selben Platz. Ich sage Thanks for the hint. Er schenkt mir ein breites Fashion-Lächeln. Mir gelingt das nicht. Ich finde Stéphane. Ich hasse den Laden. Die Musik ist zu beschissen. Die Typen sind zu snobistisch. Der megabutche Bodybuilder, der mir an die Beule gegriffen hat, als ich soeben an ihm vorbeiging, gafft mich immer noch mit gierigen und absolut ausdruckslosen Augen an. Er nervt mich. Ich sage zu Stéphane Ich kann all diese Leute nicht mehr ertragen. Ich mag nur Leute, die wissen, daß es noch etwas Wichtigeres als sie selbst gibt. Außerdem gibt es hier nur Ärsche, die ruhig auf einen Schwanz warten, weil sie wissen, daß sie so schnuckelig sind, daß sie auch einen abkriegen. Das nervt mich.

Der Bodybuilder geht wieder vorbei. Ein Meter siebzig, mindestens achtzig Kilo Muskeln. Rasierter Schädel. Nicht ein Haar. Riesentitten, wobei eine mit einem dicken Chromring gepierct ist. Irgendwie ein Weibsbild sage ich. Ich schaue ihn an, ich glaube, ziemlich unfreundlich. Er bleibt mitten auf der Treppe stehen. Offensichtlich gefällt ihm mein Gesichtsausdruck.

Ich habe die Nase voll. Ich schlage Stéphane vor, abzuhauen, außerdem ist in einer halben Stunde Schluß, deshalb kann man auch die Schlange an der Garderobe vermeiden. Ich hole meine Sachen. Ich ziehe mich an. Stéphane wartet auf seine. Ich ruhe mich aus, lümmele mich an die Sicherheitsschranke, die den Eingang versperrt. Er ist da. Er kommt auf mich zu. Die Pupillen sind ultraerweitert. Er grunzt mit einem extremen Cockneyakzent I want to fuck you. Ich schaue ihn an. Ich mache mit dem Kopf I'm sure. Er sagt zu mir Come. With your boyfriend. Ich sage Okay. Ich hole Stéphane. Wir gehen wieder hinunter. Jetzt gibt es eine Schlange an der Garderobe. Die Herrentoiletten sind besetzt. Wir gehen zu den Frauen. Ich hatte bereits das Mädchen bemerkt, das da herauskam, eine Braunhaarige mit einem weißen, schwarzbestickten Top. Sie lächelt uns zu, total stoned wie wir. Wir gehen hinein. Wir ziehen uns nur etwas aus, lassen die Hosen bis an die Knöchel hinunter. Er hat eine gepiercte Eichel, und er hat keinen Steifen. Er saugt uns. Als wir voll aufgegeilt sind, zieht er seine Gummis hervor. Sie verwenden hier ultradicke Gummis, aber das geht schon, mein Schwanz steht. Ich ficke ihn. Er ist verspannt und steif, der Arsch etwas zu hoch. Schließlich schiebe ich ihn auch ohne Gleitmittel hinein, dank des Acids. Ärgerlich dabei ist, daß es unbequem ist und daß ich nicht viel empfinde. Ich gebe ihn an Stéphane ab. Stéphane stopft ihn voll. Das macht mich wieder geil. Er gibt ihn wieder an mich ab usw. usw. Dann will er, daß wir auf ihn abspritzen. Ich sage zu Stéphane Hast du Lust, auf ihn zu wichsen? Er meint Äh nee. Ich sage Ich auch nicht, ich möchte mir nicht den Spaß versauen, ich würde lieber im Hotel etwas mit meinem Lover machen. Also spritzen wir nicht ab. Ich sage I think it's okay like that. Wir ziehen uns die Hosen hoch. Er sagt I'm sure to see you around some time guys. Seine Höflichkeit nervt mich. Ich sage Wo? Kommst du oft nach Paris? Er macht mit dem Kopf Nein. Ich sage Dann ist das nicht so sicher.

Am Ausgang wankt der indische Taxifahrer, der uns anspricht, auf dem Weg zu seinem Wagen dermaßen, daß wir zum Eingang zurückgehen, um einen anderen zu nehmen, ein Schwarzer, der offensichtlich nüchtern ist. Er hört Disco. Das ist cool. In den großen und menschenleeren Straßen der City fahren wir an Milchauslieferungskombis vorbei. Der Schwarze fährt schnell und gut. You're a smooth driver sage ich. I like that. Er sagt Oh.

Ich habe Lust darauf, daß Stéphane mich mit der Latexmaske fickt, die bis auf die Öffnungen für die Nasenlöcher durchgängig ist und die ich heute nachmittag im „Clone Zone" gekauft habe. Ich bin mir sicher, daß das auf Acid super sein wird. Er ist einverstanden. Er fickt mich. Zweimal hintereinander. Das Bett macht einen Höllenlärm. Und danach fistet er mich. Ich spritze dreimal ab, er einmal nach unserer Session. Lexomil, um die Wirkung des Acids zu bekämpfen und um schlafen zu können. Ein Joint. Das Gefühl ist dennoch heavy.

Am nächsten Morgen möchte ich schön sein. Ich rasiere mich und lasse ein Ziegenbärtchen übrig, um meinen Mund gut zur Geltung zu bringen. Ich lasse mir lange Koteletten stehen. Eine schwarze Lederhose. Ein Rock'n'roll-Gürtel. Springerstiefel. Ein ultraenges, knallrotes T-Shirt mit silbernen Sternen, das am Bauchnabel endet, so daß man einige Haare und etwas Bauch sieht. Absolute Klasse. Ich teile mit Stéphane eine X-stasy gegen die schlechte Stimmung. Zwischen uns klappt es nicht. Ich habe ihm letzte Woche bereits zum ersten Mal den Laufpaß gegeben. Ich habe jetzt verstanden, daß es nur noch ganz kurze Zeit dauern kann, bis ich versuche, ihn zu ersetzen. Gestern fragte ich Sandrine, eine Freundin, die hier wohnt, ob sie einen kleinen Freund hätte. Sie sagte Nein, ich bin allein. Ich warte auf etwas Gutes. Es ist auch gut, allein zu sein. Ich sagte Ja, da stimme ich dir zu. Ich dachte, daß auch ich allein sein und warten sollte.

Tonight It's party time Tonight It's party time Tonight It's party time (Alex Party, „Saturday night party – Read my lips")

Im „Substation" fing der Abend ziemlich trübselig an. Nicht viel los. Wir haben dort gleich die beiden Ecstasys aus dem „ff" eingeworfen. Ich kam nach und nach drauf, sehr intensiv, aber sehr cool. Fing an, neben dem Flipper zu tanzen, an dem Stéphane mit dem großen Christophe spielte. Dann auf die Tanzfläche. Dort wurde mir klar, daß ich die beste Ecstasy meines Lebens genommen hatte. Ich tanzte, wie ich schon lange nicht mehr getanzt hatte. Wie noch nie sogar. Weniger Wiederholungen. Freier. Choreographischer. Ich sprang ziemlich viel in die Luft, am Ende des Abends drehte ich mich sogar zehnmal um mich selbst. Ein super DJ. Den besten Set, den ich je gehört hatte, glaube ich, extrem happy und Deep House, echt gigantisch. In einem besonders Spitzenmoment suchte ich seinen Blick, es muß zwei oder drei Uhr gewesen sein, um vier Uhr wurde dicht gemacht. Ich hob den Daumen hoch. Er tat es auch. Während ich tanzte, beugte sich ein großer Typ zu mir und sagte I like you. I pray God for you to stay alive. Das hat etwas meine Konzentration gestört, aber ich sagte trotzdem Thank you.

Der kleine Skin tanzte supergut, auf eine aufgeregte Art. Wir waren die beiden besten Tänzer auf der Piste, nachdem ein oder zwei Mädchen, die am Anfang da waren, gegangen waren. Wir sahen uns an, während wir uns abschätzten. Einmal war er mit dem Rücken ganz nah bei mir, ich faßte ihn an und tat so, als würde ich ihn küssen. Es tat gut, seine engen und muskulösen Hüften zu halten. Danach drehte ich mich um, und er machte seinerseits mitten auf der Tanzfläche tap tap tap tap. Wir haben uns lange geküßt. Stéphane ist abgehauen. Ein wenig an seiner Brust herumgefummelt. Ich berührte ihn am Rückenende, oben auf den Hüften, ich legte einen Finger auf seinen Scheitel, er war süß. Ich habe ihn genauso berührt, als ob er mir gehören könnte. Stéphane war zurückgekommen. Ich ging zehn Zentimeter von ihm weg und sagte I have a boyfriend. Er sagte Where is he? He's here sagte ich und zeigte auf Stéphane. Er packte mich an den Schultern. Er drehte mich um. Er schob mich auf Stéphane zu. Don't play around with love if you've got a boyfriend. Or you'll get a punch in your face sagte er. Und dann ließ er mich mit Stéphane allein. Stéphane ging wieder weg. Ich ging mir ein Bier kaufen, obwohl man im Prinzip Ecstasy nicht mit Alkohol mischen sollte.

Der Laden machte dicht. Ich stellte mich in die Schlange. Der kleine Skin ging auf und ab und gröhlte Everybody's counting their money! But I want some flesh! And just nobody will give me a shag! Just because I'm a gay national star! Ich fragte den Schwarzen vor mir Is he really the star he says he is? No, he's just the contrary antwortete mir der Typ. He's what we call in English a complete asshole. Ich dachte, daß er das nur aus Neid sagte.

Stéphane schläft ein, sobald wir zu Hause sind, um mich zu vergessen. Es ist vier Uhr. Wir hätten ficken können. Ich hole mir einen runter. Das ist super.

Trotzdem war es der beste Abend. Don't play around with love if you've got a boyfriend.

Nach der Rückkehr aus London sagte ich zu Stéphane, daß ich ihn verlassen würde. Er sagte mir, daß ihn das nicht überraschen würde. Er ging aus, um eine Kneipenrunde zu machen. Ich holte mir einen runter. Es war super. Und dann hörte ich mir eine House- Compilation an, die ich in London gekauft hatte. Danach hörte ich „Duel" von Propaganda.

The first cut won't hurt at all The second only makes you wonder The third will get you on your knees You'll start bleeding I'll start screamming

Ich dachte an Eric P., der die Musik so gut auswählen konnte, und der immer Lust hatte, zu springen, wenn er sich einem Fenster näherte, nachdem er einen geraucht hatte.

The first cut won't hurt at all The second only makes you wonder The third will get you down on your knees You'll start bleeding I'll start screaming.

Ich wäre nicht überrascht, wenn er mich töten würde. Wenn er einen Revolver hätte.

Selling your soul Selling your soul Selling your soul Never look back Never look back (Propaganda, „Dr. Mabuse")

9

TRENNUNG

STÉPHANE sagte, daß er am Ende der Woche ausziehen würde. Ich bin froh, daß er nicht sofort geht. Trotzdem ist es nicht gerade lustig zwischen uns. Wir reden kaum mehr miteinander. Manchmal weinen wir. Wir schlafen zusammen, ohne uns zu berühren. Schließlich fährt er eine Woche zu seinen Eltern. Wir rufen uns an. Ich sage, daß ich nicht mehr klarkomme, daß ich Abstand brauche, daß es unter besseren Umständen stattfinden muß, wenn wir uns weiterhin treffen wollen, damit ich ihm weniger weh tue, damit ich mich besser fühle. Nach seiner Rückkehr wohnt er bei einem Freund. Den Umzug macht er, als ich bei der Arbeit bin. Ich suche eine Ein- oder Zweizimmerwohnung für mich. Schließlich finde ich etwas leicht Abgelegenes, aber gar nicht so Übles. Ich packe meine Umzugskartons.

Am Morgen des Umzugs rief ein Typ, der mich vor zwei Monaten online angebaggert hatte, mit dem Vorschlag an, mich zu piercen. Ich fragte, ob wir uns am Wochenende treffen könnten. Er sagte, er hätte nur am selben Nachmittag Zeit, weil er danach wegführe. Ich sagte Okay, komm vorbei. Ich hatte schon seit langem daran gedacht. Viele Typen, die ich sah oder kannte, hatten es sich machen lassen. Ich nicht. Das war eines der wenigen Sachen, die ich noch nicht gemacht hatte. Und dann wollte ich auch etwas Richtiges tun. Außerdem hatte er mich kontaktiert. Am Piercing interessiert? Ich hatte geantwortet Ja, aber was, wenn nicht das Gesicht, nicht den Schwanz? Er hatte geschrieben, daß der Bauchnabel, der Urinkanal, der Sack blieb. Der Sack? Er hatte Die Eier getippt. Ich hatte geschrieben Warum nicht. Er hatte geschrieben, daß er mich zurückrufen würde.

Er kam bei mir etwas verspätet mit seinem Köfferchen an, weil er einen Typen gepierct hatte, der er bereits im letzten Jahr gepierct hatte. Er war sehr groß, breite Schultern, ziemlich häßlich und schlecht angezogen. Wir plauderten bei einem Glas Wasser. Er zeigte mir seine Piercings, die beiden Brüste, wobei an der rechten zwei Ringe waren, weil er vor kurzem einen hinzugefügt hatte. Ich fragte ihn, ob das gut vernarben würde. Er sagte Ja, man muß nur regelmäßig desinfizieren, weil die Haut etwas gedehnt wird. Er drückte darauf, damit der Eiter heraustrat. Wir haben lange geredet, weil ich sicher sein wollte, daß ich Vertrauen zu ihm haben konnte. Er zeigte mir sein Arbeitswerkzeug. Er sagte, daß wir anfangen würden, wenn ich bereit wäre. Nachdem ich einen Augenblick nachdachte, sagte ich, wir könnten anfangen. Ich legte mich auf die Couch im Wohnzimmer, das einzige Möbel, das noch in der Wohnung war. Er gab mir eine Spritze in den Hodensack, um mich zu betäuben. Wir warteten. Er war immer noch empfindlich. Ich bat ihn, mir noch eine zu geben. Wir warteten. Der Hodensack war etwas angeschwollen. Er war immer noch empfindlich. Ich sagte, daß ich keine Schmerzen haben wollte, daß er mich noch mehr betäuben sollte. Er sagte, so etwas hätte er noch nie gesehen. Ich dachte, daß es ihm eigentlich gefallen müßte, wenn ich leide. Ich sagte, beim ersten Mal sei das doch wohl so. Er gab mir eine dritte Spritze. Wir warteten. Ich redete, um die Atmosphäre zu entspannen. Ich kniff mich. Ich fühlte nichts mehr. Ich sagte Es ist gut, fangen wir an. Wir gingen wegen des Blutes ins Bad. Ich setzte mich auf den Rand der Badewanne. Er zog an meinen Eiern und setzte chirurgische Klammern an beiden Seiten des Hodensacks an. Ich sah zu. Er fing an, mit einer langen, sieben oder acht Zentimeter langen Nadel, an deren Spitze sich der zu plazierende Ring befand, zu piercen. Die Nadel ging durch, dann der Ring. Er hatte einige Mühe, wegen des Blutes, das seine Latexhandschuhe glitschig machte, zu verschrauben. Er desinfizierte. Ich hielt den Verband, weil es blutete. Er machte auf seinem Handy einen Anruf. Ein anderes Piercing. Eine Brust, glaube ich. Er verabschiedete sich. Ich wartete auf Stéphane, mit dem ich mich verabredet hatte, um einige Sachen zu transportieren. Es hörte nicht auf zu bluten. Stéphane kam mit Verspätung an und war echt froh, mich zu sehen. Ich sagte ihm, es gäbe ein Problem, daß ich mir eben den Sack hätte piercen lassen und daß es nicht aufhörte zu bluten. Er sagte zu mir Aber heißt das, daß wir für wie lange nicht ficken können? Ich sagte Zwei drei Wochen. Er stöhnte, als ob ich ihn geschlagen hätte. Er schlug mit einer Faust gegen die Wand. Mir wurde klar, daß ich soeben einen Neubeginn zwischen uns kaputtgemacht hatte.

Ich stopfte mir die Unterhose mit Klopapier voll. Auf meiner 501 zeigte sich Blut. Wir nahmen sein Auto. Er brachte mich zu meiner neuen Wohnung. Er trug die Sachen hoch, die ich bei mir hatte. Ich versuchte, mich nicht zu sehr zu bewegen, damit die Blutung aufhörte. Er blieb etwas da, und dann ging er zu sich, um zu schlafen, er mußte am nächsten Morgen früh aufstehen.

10

DAS WEIHNACHTSESSEN

AN Weihnachten war ich allein in der neuen Wohnung. Mein Bankkonto war durch den Umzug in die Miesen geraten, ich mußte hart arbeiten, um Knete ins Haus zu schaffen. Sobald ich damit fertig war, wurde ich krank. Stéphane brachte mir Schinken und Büchsensuppen vorbei, bevor er zu seinen Eltern fuhr. Da er nur einmal an einem Nachmittag in der Woche frei hatte, wollten wir eigentlich eine Ausstellung mit Bildern anschauen. Und dann wurde ich krank. Wir dachten beide, daß das echt das Ende war, ohne es auszusprechen. Er blieb nicht lange.

Ich rief meine Mutter an, um ihr zu sagen, daß man vielleicht trotzdem etwas mit der Familie hätte machen können, aber das war etwas schleimig, wenn sie mir das vorgeschlagen hätte, hätte ich abgelehnt. Ich dachte an Quentin. Im ersten Jahr steckten wir abends am vierundzwanzigsten ineinander drin. Er lächelte über mir. Frohe Weihnachten, Schatz. Wir küßten uns. Zum Weihnachtsessen genau das gleiche. Es war nun schon drei Jahre her, daß diese Tradition nicht mehr respektiert wurde.

Ich ging online. Ich baggerte einen Typen an, der „Fick ohne Gummi" als Pseudonym hatte. Der Kleine fragte mich online, was mich an seiner Eigenbeschreibung angemacht hätte. Ich antwortete Dich ohne Gummi zu ficken. Ich dachte, er würde mißtrauisch werden. In meinen Angaben zur Person stand nichts von Safer Sex, aber es stimmt schon, daß ich eine ganze Geschichte mit Safer Sex habe habe. Die Typen, die auf Ficken ohne Gummi abfahren, sagen nie genau, wie sie denn ficken wollen, hart oder soft oder total versaut oder auf die harte männliche oder was auch immer, eigentlich wollen sie sich nur in vergiftetem Sperma suhlen, das ist ein romantischer und geheimnisvoller Fick, ich sage das mit Herablassung, aber es ist wahr, daß es einfach zu stark ist. Einmal hatte ich so eine Sexparty mit zwei Typen, aber ich brach sie ab, ich wurde in ihrem Arsch schlaff, und als sie mich bestiegen, flippte ich wegen dieses Risikoficks zu sehr aus, okay, man weiß nichts über die Neuinfektion, aber es ist sicher, daß man sich durch diese Sachen noch eine Menge anderer Dinge holen kann. Das heißt, als der kleine Perversling ohne Gummi im Arsch des großen Skinheads absprizte, war es schwindelerregend. Der Kuß des Todes, wie man so sagt.

Als er mich anrief, sagte er mir, daß er heute abend eher Lust hätte zu ficken als gefickt zu werden. Ich dachte Da haben wir einen, der nicht blöd ist. Ich sagte Ich denke, daß er da ein Problem hätte, weil ich mich nicht ohne Gummi ficken lassen würde. Er sagte zu mir, daß er nicht abspritzen würde. Unsere Verzweiflung war nicht die gleiche. Ich versprach mir selbst, daß ich es machen würde, wenn meine T4-Helferzellen unter zweihundert gesunken wären.

Ich schluckte eine Ecstasy, die noch ihm Kühlschrank war, und ich wichste, indem ich mir vor einem Pornovideo, das ich zurückspulte, alles mögliche in den Arsch schob. Ich war so stoned, daß ich den Weihnachtsbaum und den CD-Turm umstieß, als ich mit dem Dildobeutel zugange war. Das fand ich zum Totlachen.

11

FROHE WEIHNACHTEN

ICH wachte gegen ein Uhr mittags auf. Ich hatte keinen Hunger; ich war wegen des Ecstasys in Form. Ich habe einfach ein Glas Wasser getrunken und ging online. Ich machte einen Typen an, der ein sympathisches Programm hatte. Gegenseitige Fick- und Dildonummer mit dem Jeff Styker. Alles verlief wie geplant, außer daß wir dann, nachdem wir uns die Ärsche mit den von ihm mitgebrachten Dildos richtig geweitet hatten, uns im Stehen befanden und ich meinen Arsch vor seinen dicken Riemen hielt, der vor lauter Gleitmittel leuchtete und keinen Gummi anhatte. Er schob ihn rein. Das tat gut. Er hörte ziemlich schnell auf. Ich drehte ihn um, um meinen hineinzuschieben. Wir schoben uns nochmals die Dildos hoch. Ich stieß ihm den Stryker richtig tief hinein, und dann setzte ich mich auf seinen fetten, purpurfarbenen Schwanz, während ich ihn mit dem Dildo bearbeitete. Danach machte er das bei mir. Wir spritzen beide ab, indem wir uns die Dildos ganz tief einführten. Ich sagte mir, daß das noch in Ordnung sei, weil dadurch kein Sperma in den Arsch gelangte.

Abends hatte ich mich im Marais-Viertel mit einem Freund verabredet, der Quentin und mich seit Jahren regelmäßig einlud. Ich war dort auch einmal mit Stéphane gewesen. Ich war pünktlich. Wir tranken einen Aperitif mit seinem derzeitigen Typen. Ich sagte, daß ich vor kurzem Stéphane verlassen hätte. Wir aßen. Danach stand ich in der Kälte auf der Straße. Es war etwa ein Uhr morgens. Ich fragte mich, ob ich nach Hause gehen und schlafen sollte, um mich auszuruhen, oder ob ich ausgehen sollte. Ich entschied, daß man an das Leben glauben muß, der Weihnachtstag machte das erforderlich. Ich lief im Dunkel der Nacht bis zum „Quetzal". Ich dachte, es würde interessante Typen geben, die Wilden, diejenigen ohne Familie. Tatsächlich waren eine ganze Menge davon da. Ich genehmigte mir ein Bier, ich stellte mich dort auf, wo man den besten Überblick hat, am Eingang zu den Toiletten. Ich prüfte die Ware. Ich fühlte mich vollkommen losgelöst. Sollte es eben nichts geben, okay, so würde ich nach Hause gehen, ohne mich einladen zu lassen.

Es war nichts besonders Außergewöhnliches da. Und dann sah ich diesen großen Schwarzen mit einer Mütze, richtig groß, der Einsneunzig-Stil, einhundertzehn Kilo, superstämmig, Tendenz mollig, jung, sehr schönes Gesicht, reserviertes Verhalten. Wir haben uns angelächelt. Ich ging zu ihm hin und fragte ihn Where are you from in America? Er sagte zu mir I'm not from America, I'm from Africa. Ich sagte Oh okay so you must be some sort of African prince. Das fand er ulkig. Wir haben geredet, von ihm, von mir, vom Zen-Buddhismus. Sein Hotel war am Etoile, die Amerikaner haben immer Angst vor den gruseligen Stadtteilen. Wir sind zu mir gegangen.
Zu Hause rollte ich mir, anstatt über ihn herzufallen, auf dem Bett liegend sofort einen Joint. Er wollte

nicht mitrauchen. Er fragte mich, ob ich dauernd rauchen würde. Ich sagte Nein, nur jeden Abend. Er sagte zu mir Also bist du drogensüchtig. Ich verneinte es. Ich rauchte meinen Joint.

Wir haben nicht gefickt. Er zog sich dennoch aus, weil die Heizung bis zum Anschlag aufgedreht war. Er legte sich im T-Shirt und in der Unterhose neben mich. Ich fragte ihn, ob es ihm lästig sei, wenn ich ihn sauge. Er sagte You can try to, if you really want to. Nach gut fünf Minuten war er so richtig steif. Ich schob ihm einen Gummi über und setzte mich auf seinen richtig dicken und spitz zulaufenden Knüppel. Er bewegte sich nicht. Wir küßten uns nicht. Nach einem Augenblick drehte er mich herum, und er stieß sehr schnell und sehr tief in mich hinein, ohne mich zu berühren. Ich redete mir immer wieder die Birne damit voll, daß ich eine kleine weiße Nutte sei, die sich von einem großen Schwarzen durchbumsen läßt, um meinen Steifen nicht zu verlieren und um abspritzen zu können, übrigens im gleichen Augenblick wie er, und man muß schon sagen, daß er sich Zeit ließ, während ich genügend Zeit hatte, mein eigenes Ding zu erledigen. Ich fragte ihn danach, ob er beim Ficken gewöhnlich nie seine Hände gebrauchen würde. Er sagte Ja. Das gab mir zu denken.

12

BESPRECHUNGEN

QUENTIN ruft mich an. Er sagt, daß es mit Nico nicht gut läuft. Ich sage Jedenfalls liebst du ihn nicht. Ich bin zumindest Stéphane losgeworden. Er sagt Ich habe Lust, dich zu sehen. Kannst du nicht zu mir kommen? Ich antworte Das geht nicht, nein, mit diesem anderen Langeweiler, der jeden Augenblick stören kann, kommt das nicht in Frage. Er sagt Wir können uns im „Quetzal" treffen. Auszugehen scheint mir jenseits aller meiner Kräfte zu sein und davon abgesehen total sinnlos. Und außerdem will ich, daß er zu mir kommt, damit er eine Anstrengung macht. Schließlich will er mich wieder für sich gewinnen. Ich sage Nein, ich mache keinen Schritt. Du brauchst nur zu kommen. Er sagt Okay, ich bin in einer Stunde da. Ich weiß, daß er mindestens eineinhalb Stunden braucht, dank der gemeinsamen Wirkungen des Joints und des Antidepressivums. Er hat mir gesagt, daß er die Dosierungen verkleinert hätte. Ich weiß nicht, ob das stimmt. Er lügt dauernd. Nach zwei Stunden begreife ich, daß es ein Problem gibt.

Ich rufe bei ihm an. Anrufbeantworter. Ich sage etwas, falls er mithört. Er ruft zwei Minuten später an. Die Zahlenkombination an meiner Tür geht nicht. Ich sage Okay, ich mache mich auf den Weg. Ich ziehe eine Jeans ohne Unterhose darunter an, meine Bomberjacke ohne ein T-Shirt darunter, Basketballschuhe ohne Socken. Unten ist niemand. Die Zahlenkombination funktioniert. Ich warte fünf Minuten. Ich sage mir, daß er sich in der Straße getäuscht hat. Ich renne im Regen zur gleichen Hausnummer in der Rue du Faubourg Saint Denis. Ich denke an eine Szene, die wir vor vier Jahren hatten, einige Hausnummern weiter, bei zwei echt sensationellen, großen, gut gebauten Typen, aktiv- passiv, beide mit Riesenschwänzen. Sie hatte eine dicke Kugel sehr guten Haschischs. Ich wurde von allen gefickt, aber sie zogen offensichtlich Quentin vor, mit dem sie mehr anstellen konnten. Ich hatte mir schließlich einen dicken Dildo in den Arsch geschoben, zu der Zeit war ich noch nicht daran gewöhnt, und dann haute ich ab, weil es mir zuviel wurde. Am nächsten Morgen erzählte mir Quentin, daß er dadurch aufwachte, daß er in den Arsch gefickt wurde.

Niemand. Ich gehe wieder nach Hause. Nach einem Augenblick, der endlos scheint, klingelt das Telefon erneut. Ich sage Du hast dich in der Straße geirrt, das ist nicht Saint Denis, das ist Saint Martin. Ich lege auf. Er kommt vollkommen fertig an. Er kritisiert die Wohnung, die bis auf meine Schwester und ich alle toll finden. Ich sage, daß ich keine Rücklagen habe. Das ist alles, was ich mir leisten konnte. Er dreht einen Joint, den ich zu kräftig finde. Wir reden über unsere Vergangenheit. Er erklärt mir, daß er sich verändert hat. Wir reden über eine mögliche gemeinsame Zukunft. Ich sage zu ihm, daß ich Lust habe, jetzt mit ihm zu ficken, da weiß man doch, woran man sich halten kann. Er sagt Nein, er findet das zu früh, man sieht später weiter, vielleicht morgen bei seinem Weihnachtsessen, wo es Koks, aber keinen Nico geben wird, der das Fest bei seinen Eltern in der Provinz verbringen muß.

Nach einem Augenblick fragt er mich, ob ich auf seine Knie sitzen möchte. Ich bin nicht besonders heiß darauf, aber ich mache es trotzdem. Als ich darauf sitze, steif wie eine Marionette, vergleiche ich das mit der Wirkung, die das früher hatte. Wir küssen uns. Technisch ist es perfekt, aber ich kriege keinen Steifen. Schließlich geht er wieder. Ich gehe online, und da nichts läuft, gehe ich ins Puff.

Als ich dort ankam, war praktisch niemand da. Ein junger, sehr gut gebauter Typ wartete liegend, mit aufgeklappten Beinen, die Knöchel in den Bügeln eines Slings, mit einem großen steifen Schwanz, vollständig nackt bis auf ein Paar marineblauer Converse-Turnschuhe ohne Socken. Ich setzte mich hinten in eine Kabine. Ich wartete. Zwei Monster zeigten ihre Fressen am Eingang. Ich verzog das Gesicht. Sie zogen Leine. Ich war eine halbe Stunde da. Es geschah nichts. Ich verließ die Kabine. Ich drehte eine Runde. Der Typ hing immer noch im Sling. Ich baute mich vor ihm auf. Ich fing an, mich zu wichsen. Es geilte mich auf, mir vorzustellen, daß er da lag, um sich von irgendjemanden durchknallen zu lassen. Ich drückte meinen Schwanz an sein Loch. Ich sagte Ich habe keinen Gummi. Er sagte Nicht so schlimm. Ich nahm Spucke, um ihn einzuseifen. Es war nicht einfach, in ihn einzudringen. Aber dann war ich drin. Ich fickte ihn langsam. Er kriegte einen Steifen, ohne sich anzufassen. Ein Typ kam dazu. Er stellte sich daneben, um zuzuschauen. Instinktiv drückte ich mich an den Arsch des Typen, damit der andere nicht sehen konnte, daß wir ohne Gummi fickten. Er sah es trotzdem. Er ging weg. Ich machte weiter. Ich fühlte, wie es mir kam. Ich sagte mir Spritze ich jetzt in ihm ab, jedenfalls will er das doch. Dann zog ich ihn raus und spritzte auf den Boden ab. Ich ging in meine Kabine zurück. Zuletzt ließ ich mich von einem kleinen supersüßen Typen ficken, fisten und mit einem Dildo bearbeiten. Er trieb es wie ein Gott und sagte zu mir Komm schon, du Saukerl, laß dich gehen, ich will, daß dir die Augen übergehen.

13

UND EIN GUTES NEUES!

ICH kam bei Quentin zehn Minuten nach Mitternacht an. Man hatte noch nicht damit aufgehört, sich zu küssen. Ich sah mir die Wohnung an, wo seit meinem Auszug keine der notwendigen Arbeiten ausgeführt worden war. Alle gratulierten mir zu meinem guten Aussehen. Quentin war mit Drogen vollgepumpt. Koks, das wußte ich, aber auch ein Joint nach dem anderen, die er einem armen Mädel abnahm, die ihm nicht von den Fersen wich, obwohl ich mir sicher war, daß er selbst Stoff hatte. Nach einer Stunde wurde das Koks immer noch nicht erwähnt, von dem er mir am Abend zuvor erzählt hatte. Da ich genug davon hatte, auf seine Höflichkeit zu warten, ging ich zu ihm hin und fragte ihn. Ich sagte Ich hätte es lieber nicht getan, aber da du es mir nicht anbietest, muß ich dich eben danach fragen, also, wo ist es, dieses Koks? Er sagte Wieviel gibst du mir? Ich sagte Nichts, spinnst du etwa, ich werde dich für eine Linie doch nicht bezahlen. Er sagte Gut, okay. Er ging weg. Ich wartete. Schließlich kam er zurück und sagte mir, ich solle den gelben Trinkhalm aus dem Topf auf dem Kamin im Zimmer nehmen und ihm ins Bad nachkommen. Im Bad war auch Nico, der eben angekommen war und der sagte, daß es echt nett sei, sich nach einem Jahr wiederzusehen. Ich hatte Lust, ihn umzubringen, aber ich hielt die Klappe, um Koks zu kriegen, ich habe mich einfach seines Armes entledigt, der sich um meine Schulter schlang, das war einfach zuviel.

Das Koks war beschissen, hart und machte einen ganz kirre. Oder es war der Abend. Ich hatte trotzdem Energieanwandlungen. Tanzte ein wenig. Ab und zu sah mich Quentin mit einem Blick an, der stoned und vernarrt war. Dann kam Nico an, um sich beruhigen zu lassen. Ja doch, wir werden ficken und dann zusammen schlafen, sagte Quentin, mach uns erst mal eine halbe Ecstasy, die erste hatte kaum Wirkung. Nico kam zurück und sagte, daß er es nicht konnte, daß es nicht ging, daß zu viele Leute in der Küche seien. Quentin machte ihn fertig. Ich fand es ekelhaft. Siehst du denn nicht, daß er gern möchte, daß du dich um ihn kümmerst? Er hat nicht geantwortet. Er hat sich nicht bewegt.

Ich tanzte nochmals, ohne Überzeugung. Redete mit einigen Stars aus dem Getto, die ich mochte und die sich dafür erkenntlich zeigten. Gegen zwei Uhr kam ein so unheimlicher schöner Typ an, von einer so monströsen Schönheit, sehr jung, der sich vor mir auf die Toilette drängte. Als er wieder herauskam, konnte ich nicht widerstehen, ich mußte mit ihm reden, ich sagte zu ihm Bist du David? Er sagte Nein, ich heiße Ivan. Ah, sagte ich, also bist du nicht der Dealer, auf den alle warten. Er sagte Nein, ich bin's nicht, David muß aber noch vorbeikommen, ich habe ihn eben noch auf einer anderen Party gesehen. Ich dachte Er ist wirklich vollkommen. Er sagte Ich habe heute abend nicht viel Energie. Ich sagte Geh schlafen oder nimm Drogen. Er sagte Ich habe bereits Koks genommen, aber ich fühle mich nicht gut. Ich fragte nach seinem Alter, um zu wissen, welches Alter man haben muß, um diese Haut zu haben. Einundzwanzig, sagte er. Das ist der, sagte mir Quentin später, der von einem wahnsinnig bekannten Couturier gesponsert wird. Das ist eine ganze Bande kleiner Wunder wie er, täglich Gym, täglich Sonnenstudio, täglich Drogen. Sie tun nichts, sie haben Sponsoren. Alle zwischen achtzehn und zweiundzwanzig Jahren.

Nach zwei Stunden fühlte ich mich aufgelöst. Ich saß neben ihm, um etwas Debiles zu lesen, das er geschrieben hatte und das er mir zeigen wollte, der angenehme kleine Typ, der von Anfang an die Platten auflegte, beugte sich über mich, er sagte Du siehst traurig aus. Ich hob den Kopf, ich dachte, er wollte mich anmachen, eigentlich nervte mich das, weil ich ihn vorher nicht einmal beachtet hatte und weil ich jetzt fand, daß er nicht übel war, und ich sagte mir, daß ich das nur dachte, weil er mich anbaggerte, und ich sagte Das ist doch mein gutes Recht, oder. Das war blöd. Nico umkreiste uns, tot vor Eifersucht. Soeben hatte er mir zum ersten Mal seit einem Jahr Sex angeboten, offensichtlich weil er fühlte, daß Quentin wieder hinter mir her war, da platzte er vor Schiß. Es stimmt schon, daß ich immer noch Lust auf seine dreiundzwanzig Zentimeter hatte, aber echt, das kam jetzt etwas spät.

Als ich mich nach drei Stunden im Spiegel ansah, fand ich mich erloschen, grau, tot. Ich fragte Quentin Aber wie hältst du das nur aus? Er sagte Es ist hart. Ich dachte Er sagt eben irgend etwas. Ich nahm meinen Mantel und ging weg. Ich ging bis zu den Quais an der Place Stalingrad, es war sozusagen niemand da, ich hielt mich trotzdem eine Weile dort auf, diskutierte mit einem Typen, der sich mit seiner Polizeiuniform in Schale geworfen hatte. Ich legte mich um sechs Uhr schlafen. Am nächsten Tag wachte ich mit Fieber auf.

Quentin rief mich zwei Tage später an. Er wollte, daß ich ihm einen Gefallen täte, er müßte zu mir kommen, um es zu erklären. Ich empfing ihn im Morgenmantel. Er hielt mir ein kleines blaues Päckchen hin. Geschenk. Ich sagte Danke und stellte das Ding ab, ohne es zu öffnen. Er zündete eine Zigarette an, ohne mich zu fragen. Ich wies ihn darauf hin, daß mich das vielleicht stören könnte. Er sah überrascht aus. Ich fing an, ihn zu beleidigen, wegen Nico, wegen mir, wegen seines permanenten, mangelnden Durchblicks, wegen seines schlechten Benehmens. Ich stopfte das mitgebrachte Geschenk in die Tasche seiner Bomberjacke zurück. Ich warf ihn raus. Er rief mich am nächsten Morgen an, um mir zu sagen, daß es ihm weh getan hätte, aber daß es zweifellos köstlich sei, von jemandem gequält zu werden, den man liebt. Ich glaubte es nicht für den Bruchteil einer Sekunde. Ich dachte Jetzt ist endgültig Schluß.

14

BISSWUNDEN

EINIGE Tage später ging es mir besser. Ich ging wieder ins „Quetzal“. Ich traf Freunde. Wir erzählten uns, was es Neues gibt. Denis sagte mir schließlich, daß er beunruhigt sei, weil er auf sein Testergebnis wartete und weil er Dummheiten gemacht hätte. Ich sagte Was für Dummheiten? Er sagte Na ja, letztes Jahr war ich mehrere Monate mit einem Typen zusammen, und wir haben ohne Kondom gefickt. Ich sagte Ah. Er sagte Und jetzt habe ich erfahren, daß er krank ist. Ich sagte Das kann einem wirklich Angst machen. Er sagte, daß er außerdem immer noch arbeitslos sei, daß er die erhoffte Arbeit nicht bekommen hätte. Um die Stimmung zu ändern, fragte ich ihn, wer von den anwesenden Typen gut im Bett sei, obwohl ich ihm nicht allzusehr vertraue, was diese Dinge betrifft, meiner Ansicht nach sind unsere Kriterien nicht die gleichen, aber ich hatte mit Denis vor vier Jahren zum letzten Mal gefickt, er hätte ja Fortschritte machen können.

Er zeigte auf einen Typen unseres Alters, vielleicht etwas jünger, mit rasiertem Schädel, engem weißen T-Shirt, gut gebaut, mit Starallüren, der einige Meter von uns entfernt mit einigen Freundinnen sprach, die ebenfalls Starallüren hatten. Er sagte Der da, mit dem würdest du dich gut verstehen, da bin ich mir sicher. Ich sagte Warum? Er sagte Er fickt sehr gut. Ich fragte Ist er aktiv-passiv? Gut bestückt? Richtung S/M oder der klassische Fick? Denis antwortete Ja zu allem, aber mehr passiv als aktiv. Ich sah ihn mir an. Ich dachte Na ja, warum nicht. Wie zufällig zog der Typ in diesem Augenblick sein T-Shirt aus. Das fand ich heavy. Er sah eindeutig sehr gut aus. Überall rasiert. Dicke Titten. Kein einziges Bauchhaar. Ich sagte Aber wie ist er beim Ficken? Eher geistig oder körperlich? Denis sagte Eher geistig. Als wir das letzte Mal fickten, sagte er Moment, dann holte er einen Spiegel und plazierte ihn unter sich, damit er meinen Schwanz in seinem Arsch sehen konnte. Denis schien dies ganz aufregend zu finden. Mich ließ es kalt. Ich fand ihn nicht schön genug, daß es mir gleichgültig wäre, wenn er mich benutzt. Ich fragte Mit oder ohne Kondom? Ohne, sagte Denis. Ich beschloß, nichts mit ihm zu machen. Das wurde zu anstrengend.

Ich ging zur Bar, um uns neue Biere zu holen. Ich traf andere Freunde. Marcello sagte zu mir, daß er sich die zweite Titte piercen ließ. Er sagte Und du, wann machst du es? Ich sagte Nein, die Brust macht mich nicht an, ich will meine Sensibilität nicht verlieren. Marcello fragte mich, ob ich noch seine Telefonnummer hätte. Ich sagte Ja. Er sagte Also ruf mich doch in den nächsten Tagen an, ich erinnere mich noch an das, was wir in Italien gemacht haben. Ich sagte Ja, ich auch, und das stimmte. Aber ich wollte ihn nicht anrufen. Ich stand mitten in der Bar, allein, mit einem Bier in der Hand. Ich sah um mich herum meinen zerstörten Traum an.

Schließlich baggerte ich eine Neuheit an. Meine Größe, braune, kurze Haare, sehr gutes Gesicht, sehr gut gebaut, schwarze Jeans, schwarzes T-Shirt. Noch ein Star, aber nun ja, ich hatte Lust auf ihn. Ich sah ihn an. Er sah mich einigermaßen interessiert an. Ich lächelte. Er lächelte mit nicht gerade tollen Zähnen zurück, etwas auseinanderstehend und spitz. Das machte ihn noch sexier, wie ich fand. Wir plauderten. Ich stellte schnell die zwei oder drei wesentlichen Fragen. Ja, er war aktiv-passiv. Nein, er stand nicht auf hartem S/M. Ich sagte Okay, gehen wir. Er hatte kein Auto, er war eindeutig nicht bei Kasse. Wir nahmen ein Taxi. Im Taxi haben wir uns etwas befummelt. Das war okay. Und als wir bei mir waren, griff er mir im Aufzug ziemlich machomäßig an den Arsch, ich ließ ihn machen, er schob seine Faust zwischen meine Arschbacken, damit ich die Treppe hinaufging, das erinnerte mich mehr oder weniger an Quentin, war aber etwas zu hart. Tatsächlich kriegte ich dadurch einen Steifen, daß einmal ein süßer Typ meines Alters mich führen würde und nicht umgekehrt.

Auf dem Flur begann er mich in den Nacken zu beißen. Das mag ich überhaupt nicht. Ich löste mich sofort von ihm, damit die Lage klar war. Wir gingen in die Wohnung. Ich servierte zwei Whiskys, ich rollte einen Joint, wir rauchten. Dann zogen wir uns aus, nackt sah er echt toll aus, wir küßten und umarmten uns, und ich war ziemlich erregt. Er fing wieder an, mich zu beißen. Ich verspannte mich. Er hörte damit auf. Wir fingen wieder an, uns zu befummeln. Er biß mich erneut. Ich löste mich von ihm. Ich sah ihn an. Aber was denkst du, was es mir bringt, wenn du mich so beißt? sagte ich Glaubst du, das gefällt mir? Du siehst doch, daß das Gegenteil der Fall ist. Also was soll das, was willst du damit? Er sagte Ich hatte einfach Lust dazu, das ist alles. Er legte sich wieder auf mich, damit wir uns wieder befummeln würden. Ich sagte Ich denke, es ist besser, wenn wir aufhören. Ich blieb am Kopfende des Bettes sitzen. Er stand auf, zog schweigend seinen schwarzen Slip an, seine schwarzen Socken, seine schwarze Jeans, sein schwarzes T-Shirt, seine schwarzen Basketball-Schuhe. Ich brachte ihn zur Tür, immer noch ohne ein Wort zu sagen.

Ich machte die Tür zu. Ich blieb stehen, ohne mich zu bewegen. Ich sagte mir Was ist mit mir los? Wie kann dir so etwas passieren? Ich sah durch das Fenster, wie der Typ über den Hof ging. Ich dachte Dieser Typ in schwarz war ein Zeichen. Wenn ich hier bleibe, werde ich sterben. Ich werde schließlich Sperma in jeden Arsch der Welt jagen und es mir derart ebenfalls besorgen lassen. Die Wahrheit ist, daß das einfach alles ist, wozu ich Lust habe. Und ich bin auf dem besten Weg dahin. Klar, daß ich mit niemanden darüber sprechen könnte. Ich würde niemanden mehr treffen können. Ich würde darauf warten, krank zu werden. Es würde sowieso nicht mehr lange dauern. Dann würde ich mich selbst so ekeln, daß ich mich endlich umbringen würde. Ich sagte mir, daß es an der Zeit sei, wegzugehen.

15

EXIT

ICH hatte Glück. Man bot mir einen Job an, weit weg, im Ausland. Ich dachte Ich habe einen Liebeskummer, ich reise ans Ende der Welt, das muß man in einem solchen Fall tun. Ich sagte zu. Ich verbrachte noch einem Monat damit, meine Angelegenheiten zu regeln, Leute zu treffen, meine Freunde, meine Großmutter. Ich wollte, daß alles geregelt ist.

Ich rief Terrier an. Ich hatte mich schon lange nicht mehr bei ihm gemeldet. Er sagte, daß er nichts machte. Daß er immer noch arbeitslos sei. Daß er die ganze Zeit zu Hause bliebe, außer an den Wochenenden, wo er seine Mutter besuche. Daß er nicht mehr ausginge. Daß er die Schnauze voll davon hätte, auf den Märchenprinzen zu warten. Ich schlug nicht vor, daß wir uns treffen sollten, ich hatte Angst, das könnte zu traurig sein. Er schlug es auch nicht vor. Er wünschte mir eine gute Reise. Sagte, daß er mich besuchen würde. Ich sagte, daß das kein Problem sei. Ich fragte mich, ob ich ihm eines Tages die Reise bezahlen würde. Vielleicht.

Stéphane traf ich als letzten. Er hatte zu mir gesagt, daß er mich direkt vor der Abreise treffen wollte, weil er davor zu beschäftigt sei, aber ich fand, daß es einen tieferen Grund gab, daß er dächte, daß dieses Auf Wiedersehen besser ein Adieu sein sollte. Er sollte mich abholen, damit wir essen gehen würden. Es war Samstag. Ich war nicht früh genug aufgestanden, um fertig zu sein, ich war die ganze Nacht weggewesen. Ich öffnete ihm mit halbgeöffnetem Morgenmantel die Tür. Ich ging sofort wieder ins Bett zurück. Er setzte sich auf die Kante. Wir redeten. Von ihm, von mir, von seinem neuen Typen. Und dann nahmen wir uns einfach in die Arme, weil wir bewegt waren. Eine elektrische Erektion. Wir küßten uns. Das war sehr intensiv. Ich sagte Zieh dich aus. Wir fanden uns nackt auf dem Bett wieder. Ich war höchst erregt. Ich sagte mir, daß ich ihm eine gute Erinnerung zurücklassen würde. Ich beugte mich über seinen Schwanz, und ich lutsche ihn wie ich ihn noch nie gelutscht hatte. Voller Liebe. Er wäre fast gekommen. Ich ließ von ihm ab. Ich sagte Wer fickt wen? Er sagte Ich habe Lust, dich zu ficken, ich erinnere mich nicht mehr, wie das ist. Das war mir recht, ich fand das in diesem Zusammenhang besser als umgekehrt. Es war absolut super. Danach lud ich ihn in eine Brasserie im Hallen-Viertel zum Essen ein. Wir soffen wie die Löcher. Wir lachten. Er hat mich mit dem Auto nach Hause gebracht. Ich sah, wie er wegging, sein hübscher kleiner Kopf als Profil in der Wagentür. Er machte mir mit der Hand ein Zeichen, bevor er die Straße hinunterfuhr. Es wurde Nacht. Ich weiß, daß ich ihn hätte früher verlassen sollen. Als ich mir zum ersten Mal sagte, daß ich nie in ihn verliebt sein würde. Aber es tat einfach so gut, daß er mich liebte. Es war gut.